HIER ET AUJOURD'HUI
est le quatre cent cinquante-troisième livre
publié par Les éditions JCL inc.

Catalogage avant publication de Bibliothèque et Archives nationales du Québec et Bibliothèque et Archives Canada

Côté, Chantale, 1959-

Hier et aujourd'hui

ISBN 978-2-89431-453-1

I. Titre.

PS8605.O873H53 2011   C843'.6   C2011-940440-0

© **Les éditions JCL inc., 2011**
Édition originale : juin 2011

Hier et Aujourd'hui

Les éditions JCL inc.
930, rue Jacques-Cartier Est, Chicoutimi (Québec) G7H 7K9
Tél. : (418) 696-0536 – Téléc. : (418) 696-3132 – www.jcl.qc.ca
ISBN 978-2-89431-453-1

CHANTALE CÔTÉ

Hier et Aujourd'hui

Roman

LES ÉDITIONS JCL

Nous reconnaissons l'aide financière du gouvernement du Canada par l'entremise du Fonds du livre du Canada pour nos activités d'édition. Nous bénéficions également du soutien de la SODEC et, enfin, nous tenons à remercier le Conseil des Arts du Canada pour l'aide accordée à notre programme de publication.

Gouvernement du Québec – Programme de crédit d'impôt pour l'édition de livres – Gestion SODEC

CHAPITRE 1

AUJOURD'HUI

Ce matin, j'ai encore fait du café pour deux. Les habitudes sont longues à mourir.

Trente années à penser pour deux, à prévoir pour deux, à vivre à deux... Il y a eu les enfants – heureusement! –, mais c'est à deux qu'on bâtit un couple. Beaucoup de gens oublient qu'ils sont avant tout un couple quand ils fondent une famille, mais nous, ça n'a pas été le cas, du moins en ce qui me concerne.

L'autre jour, à l'épicerie, j'ai mis dans le panier sa boîte de céréales préférées. Moi, je les ai en horreur, mais, lorsque j'ai déballé mes sacs à la maison, elles étaient là. Même à la caisse, je n'ai pas réalisé mon erreur.

Il y a plein de petites choses comme ça qui arrivent et qui me laissent désemparée. On ne se rend pas compte de l'importance d'être deux dans la vie de tous les jours, de tous ces petits gestes que l'on fait pour faciliter l'existence à l'autre.

J'ai cinquante ans et je ne suis pas aussi souple qu'à vingt ans. C'est normal. Je n'arrive pas à me laver le dos toute seule. Je sais que ça paraît idiot, mais je ne sais pas comment m'y prendre.

J'oublie de sortir les poubelles, à quel moment on doit vidanger l'huile de l'auto. Je n'ai plus personne sous la main pour réparer un robinet qui coule, une porte qui grince, pour ouvrir le couvercle récalcitrant d'un pot de confiture, pour déplacer un meuble lourd…

Mais ce n'est pas ça le pire. Après tout, ce ne sont que des embêtements sans réelle importance, des désagréments que je surmonte sans trop de peine.

Le pire, c'est d'être seule, de n'avoir personne à qui raconter sa journée, personne à écouter. Il n'y a plus de complicité, celle qui provoque des fous rires à l'évocation d'une anecdote insignifiante pour les autres; plus de souvenirs partagés, comme la naissance des enfants, la première ride, le voyage en Europe, la construction de notre maison, la mort d'un parent…

Le pire… Être seule… Même dans la foule, même avec des amis qui, eux, sont en couple. Soir après soir, nuit après nuit, le lit froid à ma gauche, l'oreiller bien lisse, les draps pas froissés. L'absence de son, il me semble que c'est pire que le silence. Le silence a une densité palpable, il est composé d'une multitude de bruits qu'on n'entend plus, comme le ronronnement du frigo, le léger cliquetis du ventilateur, mais l'absence de son, c'est la mort. Quand je me réveille la nuit, je cherche son souffle et il n'y a rien, et ce rien engloutit tout le reste.

Il y a aussi le froid. Je gèle tout le temps, je grelotte sous mes couvertures, je me tourne et me retourne, mais il n'y a plus de corps chaud près de moi contre lequel je peux me couler.

Et l'immobilité… Les choses restent là où je les ai

mises : le téléphone sans fil n'est plus introuvable, le journal est bien rangé, il n'y a plus de tasse dans l'évier, je ne bute plus contre ses pantoufles qui n'étaient jamais là où l'on s'y attendait.

Je m'appelle Laurianne St-Clair. J'ai cinquante ans – je l'ai déjà dit, je crois – et j'ai vécu avec le même homme pendant trente ans. Nous avons eu deux filles, Léa et Noémie, qui ont maintenant dix-neuf et vingt et un ans, et sont déjà parties de la maison pour leurs études. J'ai eu une belle maison, une vie bien remplie, un compagnon dont j'étais encore amoureuse, de grandes joies, quelques peines aussi. Nous avons voyagé, nous avons été heureux, sans aucun doute.

Aujourd'hui, je vis seule, mon mari – pour moi, il l'était, même sans contrat – m'a laissée il y a deux mois. Banal, me direz-vous.

C'est sans doute vrai. Pas tant que ça, quand même.

CHAPITRE 2

HIER

Gilles Moreau… C'est mon conjoint. Enfin, c'était.

J'avais dix-huit ans, lui, vingt et un, quand nous nous sommes connus. Je sortais alors avec un autre garçon, Simon, depuis quatre mois, mais je savais déjà que ce n'était pas l'homme de ma vie. Toutefois, il était amusant, intéressant et, si je ne ressentais pas de grands élans passionnés quand j'étais dans ses bras, du moins c'était agréable.

Je travaillais à temps partiel dans un dépanneur, et Gilles était un client… assidu, je dirais. Évidemment, c'était pour me voir qu'il venait si souvent. De la gomme à mâcher, des journaux, de l'essence, des bonbons, des boissons, des croustilles, des cartes d'anniversaire, des boîtes de petits pois… Tous les jours, c'était différent. Une fois, je lui ai demandé s'il lui arrivait d'aller à l'épicerie pour faire tous ses achats en même temps et il a rougi sans répondre.

Ça m'a pris un certain temps avant de m'apercevoir de son petit manège. Gilles n'est pas quelqu'un qu'on remarque du premier coup, bien qu'il ait un charme fou quand il se laisse découvrir.

Il portait toujours une casquette, des lunettes noires,

le genre miroir, qui ne laissent rien voir que son propre reflet, un jean trop grand qui camoufle plus qu'il ne met en valeur, une veste de moto en cuir noir, qu'il portait hiver comme été, et des espadrilles en toute occasion. La première fois qu'il est venu sans son déguisement, comme je l'appelais, je ne l'ai pas reconnu.

Il avait des cheveux bruns très courts, presque rasés, mais on y voyait tout de même des frisottis serrés. Il n'a jamais aimé ses cheveux bouclés et, malgré mon insistance, il a toujours refusé de les laisser allonger. Ses yeux étaient d'un bleu plutôt gris, bordés de cils foncés, ce qui lui donnait un regard mystérieux et attirant. Habillé d'un pantalon en denim noir, qui lui allait à la perfection, et d'une chemise pâle en jean, il avait fière allure et je lorgnais ce bel inconnu sans aucune discrétion, je l'admets bien volontiers.

J'ai compris qui il était seulement quand il m'a dit bonjour en payant ses achats. Je suis restée sidérée. Je n'ai jamais été d'une timidité excessive et j'avais tendance, à l'époque, à dire pratiquement tout ce qui me passait par la tête. En vieillissant, on apprend la discrétion. Ça fait plus sérieux.

« Mon Dieu! Tu as subi une opération, ou quoi?
— Hein?
— Mais oui, on dirait une émission de télé « avant et après ». Tu sais, avant on est plutôt moche et, après, on devient une star. Je veux dire, tu n'étais pas vraiment moche, mais là, c'est..., c'est...
— Oui?
— Non, rien. Oublie ça. J'aurais mieux fait de me taire.
— En tout cas, ça marche.
— Quoi? Qu'est-ce qui marche?

—J'ai enfin réussi à attirer ton attention.

—Ah oui? C'est pour moi que tu as…? Ce n'était pas nécessaire, tu sais.

—Bon, alors, tant pis. J'aurai essayé.

—Non, non! Je n'ai pas voulu dire que je ne voulais pas… Enfin, je ne sais pas ce que tu voulais me demander, mais je ne dirai pas non, à moins que ce soit vraiment trop… Non, quand j'ai dit que c'était pas nécessaire, je voulais dire que je t'avais déjà remarqué avant, mais que…

—Tu veux sortir après ton travail? Avec moi?

—D'accord. Je termine à vingt-trois heures.

—Je sais. Et ton copain, il ne venait pas te chercher, ce soir?

—Oh! Tu le connais, c'est ça?

—Non, mais vaut mieux être prudent, au cas où.

—Pourquoi tu m'invites à sortir, si tu sais que j'ai déjà quelqu'un?

—Si tu as accepté, c'est sûrement parce que ce n'est pas sérieux, non? »

Il avait raison, évidemment. Mon cœur était libre, et Gilles s'y est installé en maître et y a régné sans partage pendant trois décennies.

CHAPITRE 3

AUJOURD'HUI

Je vis dans un appartement de cinq pièces, au rez-de-chaussée d'une maison de cinquante ans. Quand je l'ai visité, j'y ai vu un signe. Le même âge que moi et lui aussi avait été abandonné. La dame qui y habitait a été placée par sa famille dans un endroit spécialisé pour les gens souffrant d'Alzheimer. Cinquante ans, c'est un âge vénérable pour une maison… Est-ce que je suis vieille, moi aussi?

Quoi qu'il en soit, j'ai eu de la chance. Pour presque rien, j'ai hérité de la plupart des meubles de l'ancienne propriétaire. Des meubles magnifiques, patinés par le temps, bien lustrés, des fauteuils confortables, des tapis, des lampes, des rideaux de dentelle, des napperons crochetés.

Gilles avait offert de tout me laisser, mais ça m'a plu de refuser sa charité. Évidemment, j'ai quand même pris quelques affaires! Mon salaire de secrétaire ne me permet pas de faire l'indépendante, mais l'appartement est relativement petit et il a vite été rempli.

Gilles a gardé la maison. C'est lui qui l'a bâtie – il travaille dans la construction – et il y tenait. J'y ai sué sang et eau aussi, je l'ai décorée toute seule, j'y ai servi des milliers de repas, je l'ai entretenue, nettoyée, astiquée, j'y ai élevé mes enfants, j'y ai donné des fêtes inoubliables, j'y ai vécu plus d'heures dans nos trente ans de vie commune que lui. Mais la question ne s'est pas posée. Je ne pouvais pas la garder, de toute façon. Un autre deuil…

Je tenais à ce que Léa et Noémie aient leur propre chambre, chez moi aussi, quand elles viendraient me rendre visite, mais je ne voulais pas défaire celles qu'elles avaient à la maison. Alors, pour le moment, il n'y a qu'un lit dans chacune des pièces. Petit à petit, je les meublerai à leur goût, bien que je suppose qu'elles préféreront toujours celles de leur enfance.

Ma nouvelle chambre est bien, très bien même, si je veux être franche. Ce mobilier-là, la dame l'avait emporté; alors, j'ai couru les antiquaires à la recherche de perles rares et, là encore, la chance m'a souri. Ça ne peut pas toujours aller mal…

C'est beau, c'est douillet, c'est intime, mais je ne m'y sens pas encore chez moi. Au début, c'était comme si j'étais en vacances. Je n'avais qu'à fermer les yeux pour me persuader que Gilles était venu avec moi, qu'il était seulement sorti acheter une bonne bouteille de vin qu'on aurait sirotée lentement, avant de s'enfouir sous les couvertures…

La cuisine est minuscule, mais bien éclairée par la porte-fenêtre qui donne sur le petit patio derrière. La cour est également exiguë, mais il y a une balançoire que j'ai eue dans le lot avec une table et quatre chaises de jardin. Et il y a des fleurs partout; c'est d'une beauté à couper le souffle. J'ai toujours pensé que je n'avais pas le pouce vert, mais la vieille dame avait une quantité de livres inimaginable sur les soins des plantes, et j'apprends en lisant tout ce qu'il faut faire. Je me surprends à aimer ça. C'est relaxant, et puis j'ai du temps à revendre.

En haut, il y a un autre logement. Il paraît que c'est un homme qui y habite, mais je ne l'ai pas encore rencontré. Comme il est journaliste et est souvent à l'étranger, il ne sera pas dérangeant. J'ai entendu du bruit à quelques reprises, tard le soir, depuis que je vis ici, mais, dès le lendemain, au retour de mon travail, il n'y avait plus personne.

Je me vois très bien vivre ici jusqu'à la fin de mes jours. Nous vieillirons ensemble, la maison et moi, puis quelqu'un d'autre prendra ma place, envahira mon espace, foulera mes tapis, respirera le même air que j'aurai respiré jour après jour, changera mon décor. Une femme plus jeune que moi, plus belle, le corps plus ferme.

Et ça ne sera que la deuxième fois que ça m'arrivera…

CHAPITRE 4

HIER

Gilles et moi, nous nous sommes installés ensemble deux ans après notre rencontre. C'est moi qui ai voulu attendre. Je me trouvais trop jeune. Je ne voulais pas me tromper. Je désirais terminer mes études. Gilles avait un bon emploi dans la construction. Il gagnait bien sa vie, mais je voulais être à égalité, apporter ma contribution au ménage. Le mariage n'a pas été mentionné, car nous n'avions pas de goût ni l'un ni l'autre pour les mondanités et ce n'était pas dans nos priorités immédiates. Par la suite, ça ne s'est pas présenté ou ce n'était plus d'actualité, je ne sais plus.

Au début, on a habité dans un duplex loué, avec quelques meubles achetés d'occasion. On économisait pour bâtir notre maison. Cela a pris cinq ans avant qu'on s'y mette. Pendant toutes ces années, on a conçu nos plans. On ne voulait pas faire d'erreur, oublier un détail important. On a visité d'autres maisons, on a discuté avec des propriétaires, on s'est engueulés, on s'est réconciliés.

La construction a duré deux ans. Gilles a tout fait lui-même, mais je le secondais autant que possible. Certains disent qu'un projet de cette envergure divise un couple, mais, pour nous, ç'a été le contraire. Gilles est un homme patient. Il prenait le temps de m'apprendre les trucs du métier, et moi, je suis studieuse; j'aime écouter et dépasser mes limites.

Nous avions déniché un terrain en bordure d'une rivière, située en périphérie de la ville. Presque en ville, mais en pleine campagne. L'idéal. La première année, nous avons défriché, préparé le terrain, installé les servitudes, aménagé la rive, bâti une remise où nous avons souvent dormi, trop épuisés pour faire un pas de plus.

Aujourd'hui, la maison a vingt-trois ans. Elle est conforme à tous nos rêves. Elle vieillit admirablement bien, s'harmonise parfaitement avec son décor naturel. C'est une réussite à tous les points de vue. Elle me manque, comme une amie très chère que je n'ai pas revue depuis longtemps.

Léa et Noémie m'ont fait comprendre, à mots couverts, que Christine, leur belle-mère, comme elles l'appellent poliment – je préférerais méchamment un terme plus percutant, comme marâtre, par exemple –, avait modifié beaucoup de choses, avec l'accord de leur père. Ça m'a vraiment secouée, mais j'ai pris garde de ne pas le montrer; les filles auraient eu des remords d'avoir laissé échapper cette information.

Il faut comprendre qu'il n'y a pas plus conservateur que Gilles. Ses cheveux, par exemple. Jamais il n'a changé quoi que ce soit dans son apparence. L'autre jour, je l'ai croisé en ville. Il stationnait sa camionnette quand je suis passée devant, au volant de mon auto. Ça n'a duré qu'un instant, mais j'ai eu le temps de voir ses boucles frôler le col de sa chemise, sur la nuque. Dieu sait pourtant que je l'ai supplié de les laisser allonger un peu, mais il ne ratait jamais son rendez-vous chez le coiffeur, aux trois semaines exactement.

Et la maison, maintenant! Je l'adorais telle qu'elle était, mais, parfois, je remplaçais un papier peint défraîchi, je changeais la teinte des murs, j'installais un nouveau rideau, je déplaçais quelques tables. Chaque fois, il rouspétait pendant des jours, voire des semaines.

Ce n'est plus ma maison, je dois m'en détacher, l'oublier définitivement. Pourtant, je ne peux m'empêcher de penser qu'elle était la pierre angulaire de notre couple. Elle représente notre premier défi. Nous avons résisté à tellement de vents et marées, nous avons fait front *ensemble* à tant de tourmentes! Fallait-il qu'elle soit forte, pour nous séparer, cette femme qui s'est approprié ma vie!

CHAPITRE 5

AUJOURD'HUI

Je travaille au même endroit depuis que j'ai quitté l'école à vingt ans.

Dans ma vie, on dirait que les chiffres ont une importance particulière. Trente ans de vie commune, même nombre d'années d'ancienneté; cinquante ans d'âge, pareil pour mon nouveau logis.

J'occupe un poste de secrétaire pour la municipalité. J'ai changé de service à quelques reprises, mais je suis de nature fidèle. J'aime ce que je fais, c'est intéressant, pas le moins du monde routinier. Je m'entends bien avec tous mes collègues, j'ai un beau bureau moderne, j'assume quelques responsabilités qu'on m'a confiées à cause de mon professionnalisme, j'ai un salaire qui me permet de bien vivre, sans toutefois faire de folies, des avantages sociaux avantageux et une caisse de retraite. Jusqu'à récemment, je prévoyais me retirer à cinquante-cinq ans, mais tout est remis en question. Je ne suis plus en mesure de faire des projets d'avenir.

J'ai une très bonne amie qui a un emploi dans le même édifice que moi. Elle s'appelle Johanne et a quarante-sept ans. Elle est veuve, son mari est mort dans un accident de la route alors qu'elle avait quarante ans. Son fils, Alexandre, n'en avait que dix. Elle a vécu quelques années vraiment pénibles, avec son garçon qui se révoltait contre la vie en général. Aujourd'hui, ça va mieux. Alexandre est retourné à l'école, après avoir décroché pendant deux ans, et il semble avoir trouvé sa voie. Il ne se drogue plus, ne boit plus et fréquente une gentille fille bien élevée. Johanne, quant à elle, a un copain depuis déjà un an : Yves. Ils ne vivent pas ensemble et ce n'est pas dans leurs projets – elle ne veut pas perturber Alexandre en lui imposant un homme qui n'est pas son père –, mais ils forment un beau couple.

Nous sortons ensemble, parfois, elle et moi. Ce serait plus juste de dire qu'elle me traîne derrière elle. Je n'aime pas me retrouver assise à un bar à attendre je ne sais quoi. Je dis ça, parce que c'est ce qu'ont l'air de faire les autres femmes qui sont là.

La première fois que j'y suis allée, je pensais être la seule de mon âge, mais ce n'est pas le cas, au contraire. C'est inimaginable de voir à quel point il y a des esseulées qui courent après un peu de compagnie. Mais le sont-elles toutes ? Je n'en suis pas si sûre. Remarquez, qu'elles soient mariées, divorcées ou séparées, c'est probablement la solitude qui les attire dans un lieu si bruyant. J'affirme énergiquement qu'on ne peut pas faire des rencontres intéressantes dans un endroit comme ça. On ne s'entend pas parler, tout le monde crie en même temps, on se fait bousculer.

Johanne n'y est pas plus à l'aise que moi, mais je soupçonne fortement qu'elle fait ça pour moi, pour m'inciter à voir du monde, à sortir de ma coquille. Je préférerais aller au cinéma, ou boire un café, mais elle me rétorque alors que ce n'est pas en sortant seule avec elle que je ferai de nouvelles connaissances.

Quand on se retrouve sans compagnon, il y a, comme qui dirait, une espèce d'obligation à se trouver un homme de remplacement. Je me demande si je suis normale, parce que moi, ça ne m'intéresse pas. Un jour, peut-être, mais pas maintenant.

Il y a tellement de choses que je dois apprivoiser. En commençant par mon corps.

Lorsque j'avais vingt ans, on disait de moi que j'étais jolie. Je suis blonde et j'ai les yeux bleus. Moi, je trouve que c'est assez banal, mais les petites taches de rousseur qui parsèment mon nez ont toujours fait craquer les hommes, allez savoir pourquoi; moi, je déteste ça. Je suis assez grande. Je mesure un mètre soixante-treize et, à l'époque, j'étais vraiment mince. J'ai toujours été persuadée que les petites femmes attiraient plus que les grandes, mais il paraît que non. Les longues jambes captent les regards et il faut bien avouer que j'en profitais sans vergogne.

Aujourd'hui, je ne sais pas comment me juger. Gilles me trouvait encore belle, mais, après tant d'années de vie commune, avait-il un regard objectif? Je ne me voyais qu'à travers lui, pas parce que j'étais dépendante de son approbation, mais parce que j'étais heureuse avec lui et que l'appréciation des autres hommes ne m'importait pas.

Ma peau est moins ferme, quelques rides sont apparues, mes joues sont plus rondes, mes paupières, un peu tombantes. Le contour de mon visage est moins bien défini. J'ai pris quelques kilos, mon tour de taille s'est sensiblement épaissi. Mes seins sont plus ronds, mais moins hauts, mes fesses, moins dures. J'ai porté deux enfants, j'ai un peu de ventre et il n'est plus aussi lisse qu'avant. Il est marqué par quelques vergetures et la cicatrice d'une opération. De légères varices ont pris mes jambes d'assaut, et la chair de mes bras, juste au-dessus du coude, plisse un peu. Et mes mains sont déjà parsemées de petites taches brunes, qu'on appelle des taches de *vieillesse*. Quelle horreur!

Depuis que Gilles est entré dans ma vie, il n'y a eu que lui. Nous avons vieilli ensemble. Nos corps se reconnaissaient, s'apprivoisaient au fur et à mesure. Les traces qu'ont laissées mes deux grossesses sur moi ne le dégoûtaient pas; il les aimait parce qu'elles témoignaient de la vie de nos deux filles adorées. Nos cicatrices nous étaient familières, nous rappelaient l'angoisse ressentie devant la maladie, mais surtout la gratitude devant la santé recouvrée de l'être cher.

L'épiderme de deux amoureux ressemble un peu à une carte géographique. On s'y retrouve, c'est sécurisant et réconfortant, on peut se rendre n'importe où sans mauvaise surprise.

Lui seul possédait la clé de tous mes souvenirs. J'ai l'impression d'être devenue anonyme, de ne plus avoir de mode d'emploi. Tout est à recommencer : dessiner la route, donner de bons repères, expliquer le chemin à suivre. Mais pour cela, ne faut-il pas que je me retrouve moi-même?

CHAPITRE 6

HIER

Quand Léa est née, nous vivions ensemble depuis neuf ans. Il ne faisait aucun doute que nous désirions des enfants, mais nous voulions consolider notre couple avant. Puis, il y avait eu la construction de la maison et, après, nous nous étions accordé deux ans de repos. Et ce n'était pas exagéré.

J'ai savouré cette grossesse, il n'y a pas d'autres mots pour le dire. J'avais l'impression d'être la première femme au monde à produire ce miracle. On n'a pas idée de tout ce que ça représente de porter un enfant, tant qu'on ne l'a pas fait. J'étais sans cesse émerveillée de ce que pouvait accomplir mon propre corps. Je me sentais comme une déesse.

Léa a été et est encore la plus étonnante des enfants qui soit. Elle est un mélange du calme de son père et de ma force de caractère. Eh oui! J'ai un tempérament assez bouillant à mes heures.

C'est assez troublant de la voir piquer une colère... avec calme. Je ne sais pas trop comment l'expliquer. Dans le fond, je crois qu'elle répugne à se fâcher, mais qu'elle n'y peut rien; l'hérédité maternelle est là. Elle se révolte quand on lui interdit quelque chose, mais, en même temps, elle comprend pourquoi on le fait, alors, même si elle crie, on la sent en contrôle. C'est vraiment bizarre.

C'est facile d'élever une enfant comme ça. Cette période de notre vie a été merveilleuse. L'amour que nous éprouvions l'un pour l'autre était toujours aussi intense. Je dirais même qu'il était transcendé par ce petit être que nous avions conçu.

En général, toutes les années que nous avons passées ensemble ont été bonnes. Nous nous disputions rarement. Quand on pique une colère et que l'autre nous répond calmement, c'est difficile de rester fâché.

Notre vie sexuelle était intense, même après la venue des enfants. J'adorais sa peau. Elle était toujours sèche et chaude et, quand il promenait ses mains un peu rugueuses sur moi, je fondais.

Gilles n'est pas un grand bavard, ses yeux parlent pour lui. Il ne me disait pas souvent qu'il m'aimait, mais je le savais, je le *sentais*. Me serais-je trompée à ce point? Pendant trente ans? Je refuse de le croire. Ses yeux, sa bouche, ses mains, son corps tout entier me disait son amour.

Je cherche dans mes souvenirs le moment où j'aurais dû comprendre que c'était fini, mais c'est peine perdue. Je n'ai rien senti. Trop de confiance? Peut-être.

À cinquante-trois ans, Gilles est encore très séduisant. À mon avis, il fait dix ans de moins. Il grisonne un peu, mais il a encore tous ses cheveux et il a un corps musclé grâce au travail physique qu'il fait. Ça ne m'étonne pas vraiment qu'il ait pu attirer l'attention d'une autre femme.

Et pas de n'importe quelle femme. Je suis forcée d'admettre que Christine est très bien. Elle a quarante ans et est directrice d'une agence de voyages. C'est comme ça qu'il l'a connue. Elle faisait rénover entièrement ses bureaux et Gilles travaillait dans l'équipe.

C'est une femme intelligente et ambitieuse, très jolie aussi, un genre un peu latino, très différente de moi. Elle n'a jamais été mariée et n'a pas d'enfant. Elle ne voulait pas d'attache permanente, paraît-il. Jusqu'à ce qu'elle rencontre mon mari, il faut croire.

Il n'a pas pu m'expliquer. J'aurais tellement voulu comprendre. C'est arrivé, c'est tout.

Et si ça arrive encore? Si je m'attache à un autre homme, que je me laisse aller à aimer à nouveau, et que ça se produit une autre fois? N'y a-t-il donc aucune certitude sur cette terre? On nous enseigne la confiance, mais ça sert à quoi, si tout est incertain, aléatoire?

J'ai besoin de croire en quelque chose, en quelqu'un. Croire en moi, me direz-vous? Je n'ai pas deviné ce qui arrivait. Mon jugement est faussé de la pire des façons. Je doute de tout et de tout le monde. Je ne miserais pas un cent sur moi.

CHAPITRE 7

AUJOURD'HUI

Durant la semaine, la solitude est supportable. Mon travail étant exigeant, le soir je tombe de fatigue. Du temps où je vivais avec Gilles, il lui arrivait régulièrement de travailler pendant quelques heures après le souper, dans l'atelier derrière la maison. Il effectuait quelques petits travaux pour arrondir les fins de mois. Nous arrivions très bien sans ça, mais Gilles n'était pas très économe. L'argent avait tendance à lui filer entre les doigts. Heureusement que j'étais là pour tenir le budget!

Donc, les soirs de semaine, j'étais habituée à être seule à la maison, même avant le départ des filles. Quand elles n'étaient pas sorties, elles étaient dans leur chambre à étudier ou pendues au téléphone, ou encore à clavarder avec leurs amis.

C'est pendant les jours de congé que c'est le pire. Les samedis et les dimanches, on paressait un peu au lit, on prenait un petit-déjeuner tardif, on allait faire des courses, rendre des visites, on se concoctait de bons petits repas, on allait pagayer sur la rivière… Ces journées-là nous étaient réservées. On faisait tout ensemble.

Maintenant, après avoir tourné en rond dans mon lit pendant une heure à ressasser d'autres heures beaucoup mieux remplies, je me lève et je déjeune debout, sur le coin du comptoir, d'une simple rôtie tartinée de confiture ou d'un bol de céréales insipides.

Après, je ne sais plus. Mes deux journées de congé s'étirent interminablement devant moi, vides et tristes. Moi qui n'ai jamais été une fan de télévision, maintenant je m'affale pendant des heures devant elle, regardant défiler les images qui me tiennent compagnie. Ça ne sert à rien que j'aille faire la tournée des magasins, car je n'ai besoin de rien qui puisse s'acheter. Je n'ai plus de femme de ménage, mais une heure me suffit à faire briller ce qui brillait encore. La lecture a toujours été mon passe-temps favori, mais quand cela devient l'unique chose à faire, l'intérêt n'est plus le même. Avant, je me prélassais interminablement dans mon bain, me lavais les cheveux et les brossais longuement, me maquillais, me parfumais. Je me faisais belle. Comme c'est devenu une corvée, j'abrège autant que je peux. De toute façon, il n'y a que moi pour voir le résultat et je ne m'intéresse pas vraiment. Ça ne vaut pas la peine de cuisiner juste pour moi; alors, j'avale quelques bouchées d'une pizza surgelée, ou un reste de poulet froid, ou une omelette au fromage.

Le week-end dernier, j'ai pleuré deux jours durant. Il faut que cela cesse. Je dois me fouetter un peu, trouver des activités à faire, inviter des amis, aller au cinéma, marcher, faire du vélo… J'ai un budget assez serré, mais, avec un peu d'imagination, je peux certainement arriver à faire quelque chose de ma peau.

Rien que de penser à tout ça m'a lessivée. On dirait que j'ai du plomb fondu dans les jambes.

Mais comment on fait pour survivre à une séparation?

Qu'est-ce qui nous pousse à réagir? Quel intérêt trouve-t-on à être seule? À aller voir un film ou un spectacle, si on ne peut pas en discuter après? À aller manger dans un restaurant ou boire un verre quand on n'a personne avec qui trinquer? Comment je faisais avant? Avant Gilles? Avant de me perdre? Avant de m'oublier si totalement?

CHAPITRE 8

HIER

Noémie est née deux ans après Léa. Que deux sœurs soient aussi différentes est presque inconcevable. Autant l'aînée tient sa blondeur et ses yeux bleu vif de moi, autant la cadette est le portrait tout craché de son père.

Déjà, bébé, on sentait qu'elle avait du caractère. Il a fallu apprendre très vite à décrypter ses pleurs, parce que mademoiselle n'avait aucune patience. Mais ça a quand même évolué... Elle a maintenant *beaucoup* de caractère.

Par contre, quand elle ne pleurait pas, elle était très enjouée. Espiègle, elle aimait jouer des tours, se déguiser. Parfois, sa sœur en avait un peu peur, elle qui était si calme.

Noémie était toujours fourrée là où il ne fallait pas. Avec Léa, la rivière n'avait jamais causé de problème; avec l'autre, c'était un cauchemar. Les cours de natation étaient indispensables, le gilet de sauvetage en permanence aussi, mais on a dû, en dernier recours, installer une clôture ajourée qui ne faisait pas écran, mais qui interdisait l'accès au cours d'eau. En a-t-elle fait des crises devant cette chose qui la coupait de son plus grand plaisir!

Pour lui faire un peu oublier cet épouvantable désappointement, on lui a acheté un chaton, qu'elle a appelé Ronron. On avait mis le doigt dans l'engrenage. Quelques semaines plus tard, Ronron avait un petit copain, Jasper, un chiot tout blanc. Ensuite, ç'a été la tortue, le hamster, les poissons rouges, les lapins qui se multipliaient à l'infini…

Garçon manqué, une casquette vissée sur ses longues boucles brunes toujours emmêlées, des jeans roulés sur ses mollets bronzés, un t-shirt trop grand noué à la taille, les pieds nus, elle pataugeait dans les fossés, parcourait les berges – accompagnée de l'un de nous deux –, fouillait dans les broussailles et nous montrait triomphalement ses découvertes, le soir au souper : des grenouilles, une couleuvre, un bocal rempli de coccinelles, une araignée particulièrement grosse et velue…

Léa la suivait souvent pour ne pas être en reste, mais refusait catégoriquement de toucher les trésors de sa petite sœur. À la rigueur, elle acceptait de transporter les pots, les boîtes ou les sacs contenant les trouvailles, en s'assurant préalablement que rien ne pourrait en sortir.

En général, elles s'entendaient bien, sauf quand Noémie mettait la pagaille dans les poupées bien rangées de Léa ou quand elle froissait ou déchirait les pages d'un livre ou qu'elle barbouillait dans les cahiers à colorier de son aînée.

Léa aussi faisait enrager sa sœur. Quand elle a commencé l'école et qu'elle se vantait avec ses connaissances fraîchement acquises ou qu'elle se pavanait avec ses cahiers remplis de gommettes scintillantes, Noémie trépignait de rage. Il n'y avait aucune raison valable pour que Léa ait des droits qu'elle-même n'avait pas.

Aujourd'hui, Noémie étudie en vue de devenir vétérinaire. Quelle surprise, hein? Et Léa sera enseignante, Léa la studieuse, la « raisonneuse ».

Nos filles adorées... Si différentes, si complémentaires... Un heureux mélange de nous deux, Gilles et moi. Notre réussite, nos efforts conjugués, la somme de nos valeurs, de nos forces et de nos faiblesses, le fruit de notre amour.

Comment un tel amour a-t-il pu se transformer à ce point?

CHAPITRE 9

AUJOURD'HUI

Je me suis inscrite à un club de gym et j'ai acheté un support à vélo pour sillonner les pistes cyclables en dehors de la ville. Et cet hiver, j'ai bien l'intention de me mettre au ski. Je suis assez fière de moi.

Gilles m'a versé la moitié de la valeur de la maison. Ça représente un bon montant, mais j'ai préféré le placer pour l'utiliser en cas d'absolue nécessité. C'est si vite dépensé, l'argent. J'ai jugé que ma santé mentale était un bon motif pour en retirer un peu.

Au club, on est un groupe de dix personnes d'à peu près le même âge qui se démènent pour retrouver un semblant de jeunesse. Je me surprends à aimer ça. Plus jeune, je détestais tout ce qui approchait de près ou de loin au sport. En réalité, c'est un bon exutoire. Chaque goutte de sueur représente une frustration, un malaise, une déception; alors, je cours, je pédale, je saute et, parfois, si je ne me retenais pas, je crierais un bon coup.

Dans le groupe, on est quatre *célibataires*, disons-le comme ça, à se rejoindre le samedi ou le dimanche, dépendamment du temps, pour faire des randonnées pédestres ou en vélo. Mon cercle s'élargit peu à peu. Nous sommes trois femmes et un homme. Il s'appelle

Richard et il a quarante-huit ans. Il est séparé depuis deux ans et il a aussi une fille, qui a vingt ans.

Nous avons tout de suite sympathisé, probablement à cause de la similitude de nos vies. Il est plutôt bel homme, mais il n'est pas tellement mon genre. Remarquez que je ne sais plus trop quels sont les critères de séduction que je recherche chez le sexe opposé. Ça fait tellement longtemps que je ne pense plus à ça!

Richard m'a demandé un rendez-vous et je n'ai pas osé refuser. C'est bête, mais je me sentais obligée de dire oui, parce que les autres femmes craquent pour lui. De quoi j'aurais eu l'air si j'avais refusé? D'une femme snob? Difficile?

Il m'emmène dans ce bar où j'étais déjà allée avec Johanne. J'aurais vraiment préféré qu'on aille prendre un café. Il profite de la musique trop forte pour se frôler à moi, sous le prétexte de coller sa bouche à mon oreille pour se faire entendre. Je n'aime pas son parfum et son haleine est un peu douteuse, à cause des cigarettes qu'il fume à la chaîne. Il pose constamment une main possessive au creux de mes reins, ou sur mon épaule, ou près de ma nuque. Il a les mains moites, je sens l'humidité transpercer mon chemisier.

Beaucoup de femmes s'arrêtent pour lui parler et, tout en gardant un bras autour de ma taille, de l'autre, il attire ces corps que j'imagine déjà consentants. Il ne me présente à aucune d'elles. Je ne suis qu'un trophée qu'il exhibe fièrement.

Un trophée, moi? Quelle bataille a-t-il gagnée? Quel enjeu a-t-il remporté? Qu'est-ce que je fais là? Je ne suis pas faite pour cette vie, je suis une femme mariée

– ou tout comme – et mère de famille. Les larmes me montent aux yeux. Qui m'a condamnée à ça? Qu'est-ce que j'ai fait pour mériter ça? De quel droit m'oblige-t-on à cette existence dont je ne veux pas? Pourquoi n'ai-je pas eu voix au chapitre?

Secouée de la tête aux pieds, je me sauve vers les toilettes où je déverse un trop-plein de misère et d'injustice. Un peu remise, sinon calmée, je sors sur le trottoir, intercepte un taxi et retourne chez moi sans dire au revoir à Richard.

J'erre dans les cinq pièces qui composent mon univers et je ne retrouve pas mes marques. Ces meubles dont j'ai, comme qui dirait, hérité, me sont étrangers, cette vie, que je mène malgré moi, n'est qu'empruntée. C'est un décor, une scène. J'y ai un rôle, c'est obligé, mais je ne sais pas lequel. Je ne maîtrise pas le scénario. Je patauge, fais semblant. Je m'attends chaque instant à entendre un sonore «Coupez» qui mettra fin à toute cette mascarade. Pourquoi suis-je là? Pourquoi m'a-t-on choisie? Je n'ai jamais désiré être sur le devant de la scène, on ne m'a pas consultée.

J'ai l'impression d'être punie. Mais de quoi?

CHAPITRE 10

HIER

« Laurianne, c'est quand la dernière fois où on s'est permis une folie?

— Tu ne vas pas me dire que tu as oublié notre décision de vivre ensemble, non?

— Sans blague, réponds-moi. C'est quand la dernière fois où on a fait quelque chose d'un peu spécial? »

Mon cœur avait raté un battement. Il avait l'air si sérieux. Où voulait-il en venir?

« Je ne comprends pas, Gilles. Que veux-tu dire?

— C'est simple, pourtant. Je veux savoir si tu te rappelles la dernière fois où on s'est éclatés. Et ne me parle pas de la construction de la maison ou de la naissance des enfants.

— C'est quoi, ton problème? Tu t'ennuies? Tu veux sortir? Faire un voyage? Cesse de tourner autour du pot et dis-moi ce que tu veux vraiment, on gagnera du temps.

— Laisse tomber. Ce n'est pas important.

— Non! Si tu en parles, c'est que ça l'est. Mais je ne peux pas deviner, Gilles.

— Je ne sais pas, moi. On est là, tous les deux, on reproduit la même chose tous les jours…

— Tu te trompes du tout au tout. Tu oublies qu'on a les filles, on est quatre. Et comment peux-tu dire qu'on fait la même chose tous les jours? Moi, je n'en reviens pas du temps qui passe, de tout ce qui arrive…

—Justement! Le temps qui passe, tu l'as dit. Tu ne trouves pas que ça va trop vite? Ou que parfois, il stagne, qu'on tourne toujours autour du même point sans parvenir à avancer?

—Mais qu'est-ce que tu racontes? Tu n'es pas heureux, c'est ça que tu veux me dire? Qu'est-ce qu'il te faut de plus, dis-moi? »

Je me souviens, j'étais littéralement paniquée. Je ne pouvais pas concevoir qu'il ne jouissait pas, tout autant que moi, de notre façon de vivre. Moi, j'étais comblée au-delà de toutes mes espérances et j'avais toujours cru que c'était pareil pour lui.

« Ne te mets pas martel en tête, j'ai tout pour être heureux. Oublie tout ça. Viens là. »

Il m'avait prise dans ses bras et, malgré son étreinte et ses mots d'amour, je n'avais retenu qu'une chose : il avait dit qu'il avait tout pour être heureux, pas qu'il l'était. Pour moi, ça faisait une sacrée différence. Ce souvenir m'est revenu à force de chercher des réponses à mes questions. Rien n'arrive comme ça, sans raison.

Sauf que, si cela m'éclaire un tout petit peu sur le pourquoi de la trahison de Gilles, cela fait naître un millier d'autres interrogations.

Qu'est-ce que j'aurais pu faire pour éviter ça? C'est celle-là qui me hante, qui me tient éveillée la nuit, qui accentue le bruit de mes pieds quand je cours autour du gymnase, qui enterre le son de la radio ou de la télé, qui se superpose aux mots du livre que je tiens à la main.

J'ai beau chercher, je ne trouve pas. Nous avions une vie sociale active, des amis, nos familles, restreintes il est vrai, car nous étions tous les deux enfants uniques. Gilles jouait aux quilles l'hiver, à la balle lente l'été, il allait à la pêche, à la chasse. Moi, je n'avais pas de loisir attitré, mais je m'occupais de mon côté. On n'oubliait pas de se consacrer du temps l'un à l'autre, on allait au restaurant une fois par semaine, sans les enfants, le jeudi soir, et nous avions toujours une foule de choses à nous dire. On faisait l'amour deux à trois fois par semaine. C'était une régularité qui n'était pas si mal, à mon avis.

Oui, notre vie était bien remplie, bien réglée. Sans réelle surprise, sans folie, il est vrai, mais elle n'était pas monotone.

Je cherche, je me questionne...

Je m'écroule, épuisée, vaincue. Il n'y a pas de coupable, il n'y a que des victimes. Je tourne en rond, je me torture pour un rêve qui n'existe plus. Que d'énergie gaspillée!

CHAPITRE 11

AUJOURD'HUI

J'ai toujours adoré les fêtes de Noël et du Nouvel An. Cette année, c'est un supplice.

Léa et Noémie ont prévu de passer le réveillon avec mes parents et moi, le souper de Noël avec Gilles, Christine et leurs parents respectifs. Je vais chez Johanne, mais j'aurais mieux fait de rester à l'appartement. Il y a Alexandre et sa petite amie, ses frères et sœurs, ses parents, des neveux et nièces, Yves, bien entendu. Je ne me sens pas à ma place. Je n'ai pas de lien avec aucun d'entre eux. Ils sont tous très gentils, mais ce sont des étrangers.

C'est Noël et je n'ai, près de moi, aucun de mes êtres chers. Je voudrais me rouler en boule pour ne pas prendre de place et oublier que j'existe.

Je ne travaille pas entre les deux fêtes. Si j'avais pu, je l'aurais fait, mais les bureaux sont fermés. Les filles font la navette entre Gilles et moi; ce n'est pas très réjouissant pour elles non plus.

Je skie un peu, je patine aussi à l'occasion, mais les heures sont longues à remplir. J'ai peur de sombrer. Je n'ai même pas décoré, moi qui étais une maniaque des boules, des lumières, des angelots et des bonshommes de neige. Les filles n'ont rien dit, mais elles ont remarqué. Le vingt-six, elles ont rapporté de la maison des boîtes pleines à craquer d'objets scintillants et multicolores. Christine avait acheté des choses à son goût et avait délaissé celles-là. Je suis restée assise à les regarder défaire les papiers de soie, se remémorer à quelle occasion un tel avait été acheté, en quelle année elles avaient confectionné celui-ci. L'émerveillement du début s'est peu à peu transformé en tristesse devant ces vestiges de leurs Noëls passés. Elles ont finalement refermé les cartons et les ont rangés au fond de leur placard. L'an prochain, peut-être…

Nous regardons les sempiternels films de Noël et, lorsque les larmes jaillissent, nous faisons comme si elles étaient dues à l'histoire qui se déroule à l'écran, comme si la nôtre n'était pas déjà triste à mourir.

Le vingt-huit, je fais cuire la dinde traditionnelle, à leur demande, même si je soupçonne qu'elles en ont mangé le vingt-cinq. Elles l'avouent, mais ça n'avait rien à voir, d'après elles. Christine avait trouvé une recette spéciale sur Internet et avait passé des heures à cuisiner. Il entrait dans ce plat tellement d'ingrédients que ça ne goûtait plus à rien de familier.

Ensuite, elles me supplient de leur montrer à confectionner les beignes que je réservais à l'occasion des Fêtes et que je n'ai pas faits cette année. Le souper est une réussite totale, trop, probablement. Il y a beaucoup de restes et cela nous rappelle les grandes tablées qui nous réunissaient tous. Nous finissons de tout ranger et prétextons la fatigue pour nous coucher tôt.

Le trente, elles m'entraînent dans les magasins. Nous les faisons tous, du premier jusqu'au dernier, mais l'absence de paquets à la fin de la journée nous démontre à quel point nous cherchons à passer le temps pour oublier ce qui n'est plus.

Le premier janvier, elles ont choisi de rester avec moi. Christine avait invité des collègues de travail et des amis à elle, tous des gens que Léa et Noémie ne connaissent pas. Les grands-parents n'avaient même pas été invités.

Nous allons chez mes parents et, après souper, nous jouons à des jeux de société. J'ai peur que mes filles s'ennuient, mais elles sont, au contraire, enchantées.

Ce qu'elles désirent – ce dont elles ont besoin par-dessus tout –, c'est une cellule familiale dans laquelle elles peuvent se reconnaître, retrouver leurs racines.

Les vacances ont pris fin. C'est le retour à la normale. Mais je ne sais plus ce qui est normal ou non.

CHAPITRE 12

HIER

Gilles et moi ne nous entendions pas sur un point pourtant crucial dans un couple : l'argent. C'était sans cesse un sujet de désaccord entre nous.

C'était moi qui tenais le budget familial, étant donné qu'il n'avait jamais assimilé les méandres de la comptabilité la plus simple. Au lieu d'apprécier ce que je faisais, il m'en voulait et je n'ai jamais compris pourquoi, alors que je lui laissais tout le fruit de son travail supplémentaire, soit les contrats qu'il effectuait les soirs. Sa paye officielle était versée dans un compte conjoint et servait à éponger les dépenses mensuelles. J'y participais, cela coulait de source, mais il avait toujours l'air d'en douter, ce qui me vexait considérablement. S'il croyait que c'était facile de tout gérer, il n'avait qu'à s'en occuper lui-même. Or, il refusait catégoriquement. Son attitude était incroyablement contradictoire.

Il me demandait régulièrement des comptes, exigeait des rapports détaillés des dépenses encourues, discutait interminablement de la pertinence des achats à effectuer. C'était exténuant.

Je me souviens de la fois où il s'est acheté une moto sans m'en parler. Indépendamment du fait que c'est moi qui contrôlais nos finances, il s'agissait là de frais importants qui concernaient, de surcroît, toute la famille, du moment où il faisait monter Léa et Noémie dessus. J'ai toujours eu une sainte horreur de ces machines infernales, sans parler de la peur qu'elles suscitent en moi. Et mes bébés, mes petites filles sans défense, étaient entraînés dans des équipées qui me mettaient dans des états indescriptibles. Il n'était pas question que le budget familial participe à cette activité que je condamnais sans appel.

Avec ses seules ressources financières, il était dans l'incapacité de faire face aux traites à rembourser, à l'essence que buvait l'insatiable bolide, aux vêtements coûteux qu'il avait également achetés à crédit. J'avoue que je m'en suis un peu voulu quand il a été obligé de tout vendre, mais j'en avais accepté à l'avance les consé-quences. Ce qui n'a pas empêché les inévitables prises de bec et les reproches.

Quand nous avons fêté nos vingt-cinq ans de vie commune, Gilles m'a surprise avec un cadeau auquel je ne m'attendais pas du tout: un diamant, un solitaire monté sur une bague magnifique. Je me souviens que j'ai eu un pincement au cœur en pensant à tout l'argent investi, puis je me suis trouvée mesquine d'avoir de telles considérations terre à terre. Six mois plus tard, j'ai reçu un état de compte d'une bijouterie hors de prix. En fait, il n'était pas adressé directement à moi, mais j'avais l'habitude d'ouvrir tout le courrier qui concernait les comptes à payer.

Les paiements sur la bague – astronomiques, faut-il le préciser! – étaient en souffrance depuis quatre mois et représentaient des arriérés que Gilles ne pourrait jamais assurer. Les choix proposés: payer la totalité immédiatement ou rendre la marchandise. Je devais donc payer, pour sauver l'amour-propre de mon mari, en espérant qu'il ne sache jamais que je l'avais fait. Je ne pouvais pas croire qu'il n'allait pas un jour ou l'autre se rappeler sa dette, mais on ne savait jamais avec Gilles. Il était bien capable de se persuader que le marchand lui avait fait un cadeau, ou qu'il avait perdu la facture.

Je n'ai jamais eu connaissance qu'il ait deviné quoi que ce soit et je me suis bien gardée d'y faire allusion. De toute façon, comme l'argent qui a servi à rembourser l'achat de la bague provenait du compte conjoint, il pouvait s'agir autant du sien que du mien. Il suffisait de croire que c'était le sien.

Aujourd'hui, la bague repose dans son écrin. Ce qu'elle représentait n'est plus.

CHAPITRE 13

AUJOURD'HUI

C'est le congé de Pâques; donc, une interminable fin de semaine m'attend. Horreur!

Mon amie Johanne a prévu un séjour romantique avec son amoureux. Gina et Esther, les deux femmes avec qui je fais des excursions, s'absenteront également de la ville et je n'ai pas revu Richard depuis notre sortie abruptement achevée. Il n'est pas revenu au gym non plus. Je me demande bien pourquoi. J'aurais aimé m'excuser de mon départ précipité, sans même un au revoir, mais tant pis. Il m'aurait probablement regardée avec mépris et il aurait eu raison. Mon comportement n'a pas été digne d'une femme de mon âge; je me suis comportée comme une adolescente. Ma première erreur a été d'accepter ce rendez-vous sans en avoir envie.

Je suis donc abandonnée à moi-même pendant quatre longues journées. Je désespère. Suis-je donc incapable de me prendre en main toute seule? Me faudra-t-il toujours quelqu'un pour me dire quoi faire, pour me pousser à réagir?

Le jeudi soir, Léa téléphone. Elle viendra me rendre visite. Quelle joie! Ça fait un mois déjà que je ne l'ai vue. Elle donne régulièrement de ses nouvelles, mais moi-même, je ne l'appelle pas souvent. Je n'ose pas.

J'ai peur de lui montrer à quel point je m'ennuie. Je refuse que mes filles me prennent en pitié et se sentent obligées envers moi.

Le téléphone sonne à nouveau, tout de suite après que j'ai raccroché. C'est Noémie. Elle ne viendra pas. Elle le regrette, mais elle a trop de devoirs et, de plus, elle est obligée de travailler, car il y a trop d'employés plus anciens qu'elle qui prennent congé; elle est serveuse dans une pizzéria. Je ne doute pas un instant que tout ça soit vrai, mais je crois deviner une autre raison. Je mettrais ma main au feu que mes filles ont décidé de se relayer auprès de moi pour que j'aie plus souvent de la compagnie. Je les trouve adorables.

Évidemment, je préférerais qu'elles fassent leur vie sans s'encombrer du fardeau que je représente, mais je ne me sens pas le courage de refuser leur sollicitude. L'intelligence, c'est d'avoir l'humilité de reconnaître qu'on a besoin des autres, et ces temps-ci je me sens très, très, très intelligente.

J'astique à fond la chambre de Léa, je change les draps pour qu'ils soient plus frais, je dispose sur la table de chevet un vase rempli de jolies fleurs coupées, j'accroche au mur une nouvelle affiche que j'ai achetée en même temps que les fleurs, je remplis le frigo de légumes et de fruits frais, je cuisine son gâteau préféré, je fais provision de croissants et je n'oublie pas le fromage et les confitures dont elle raffole.

Je me sens revivre. C'est cela qui me manque le plus : me donner pour les autres, les rendre heureux. Moi, toute seule, je ne cuisine pas, ou si peu. J'ai un peu maigri, d'ailleurs.

C'est la première chose que Léa me dit en arrivant. Elle me gronde gentiment. Je ris et la serre dans mes bras un peu trop longtemps, pour ne pas qu'elle remarque les larmes au coin de mes yeux. Je me suis juré de ne pas pleurer. C'est plus difficile que j'aurais cru.

Elle m'annonce alors qu'elle ne repartira que lundi soir. Elle n'a pas l'intention d'aller chez son père; elle me consacre les quatre jours entiers. Je déborde de bonheur, mais je pense aussitôt à la déception de Gilles.

« Tu lui téléphoneras, au moins?
— Bien sûr, maman.
— Ça fait longtemps que tu ne l'as pas vu?
— Deux ou trois mois, je ne me rappelle plus.
— Si longtemps que ça? Il doit s'ennuyer à mourir, tu ne penses pas?
— Non, il a d'autres chats à fouetter.
— Tu parles de Christine, là? Je croyais que vous vous entendiez bien avec elle, Noémie et toi.
— Mais oui, ne t'inquiète pas de ça. Elle est bien, mais ce n'est pas toi, tu comprends?
— C'est évident, ma chérie. Mais c'est ton père, et ta maison, aussi.
— Maman, on change de sujet, d'accord? Je n'aime pas parler de ça avec toi.
— Ça va, Léa. Je t'assure que ça ne me dérange pas.
— Tu ne me feras pas croire ça. Et puis, moi, ça me dérange. La maison, sans toi, ce n'est plus la maison. »

Ma grande fille se détourne précipitamment, mais j'ai eu le temps de voir les larmes qu'elle retient. Il n'y a pas que moi qui souffre. Je l'avais oublié tellement j'étais centrée sur mon petit univers restreint.

Parce qu'elles avaient déjà quitté la maison, j'avais

minimisé leur peine, j'avais négligé de m'inquiéter de la façon qu'elles traversaient notre séparation. J'avais cru que de conserver leur lien avec le foyer de leur enfance les rassurerait, mais j'avais occulté leur nouvelle réalité : il était maintenant habité par une étrangère qu'elles n'avaient pas choisie, une étrangère certes gentille, mais qui usurpait une place chère à leur cœur : la mienne, leur mère.

CHAPITRE 14

HIER

C'est moi qui ai eu l'idée du voyage en Europe. Après la discussion que nous avions eue concernant le temps qui file trop vite ou qui stagne, je m'étais creusé les méninges pour trouver une *folie* à faire.

J'ai été seule à tout organiser. Gilles était enchanté à l'idée de ce voyage, mais, bizarrement, il repoussait constamment le projet ou me renvoyait la responsabilité des décisions.

Aurais-je dû y voir un signe? De quoi? Je croyais connaître mon mari sur le bout des doigts, mais était-ce réellement le cas? Rétrospectivement, quand je songe à notre passé, il me semble que je n'y retrouve pas l'homme avec qui je croyais vivre. Sur les photos de mes souvenirs, c'est bien son visage, mais il est comme déformé. Est-ce moi qui les corromps avec mes soupçons, avec ma recherche désespérée de ce qui a causé notre perte?

Nous sommes partis trois semaines. Les filles avaient trois et cinq ans, et je répugnais à les abandonner plus longtemps que ça. Ce sont mes parents qui sont venus les garder à la maison et, les fins de semaine, elles allaient chez les parents de Gilles pour équilibrer un peu les choses.

Notre itinéraire commençait par Paris, ensuite la Suisse et après l'Italie. Trois semaines, trois pays. Toutes les réservations avaient été faites, les hôtels, les trains, les voitures. Tout s'est déroulé comme prévu.

Nous avons fait un merveilleux voyage. Je n'avais jamais vu Gilles si enthousiaste, lui si calme d'habitude. Il me prenait constamment la main, m'embrassait à tout propos, me faisait l'amour ardemment tous les soirs, me déclarait ses sentiments plus souvent que pendant les quatorze dernières années.

L'euphorie due à ce premier voyage dura pendant un an, je dirais. Après, la routine reprit le dessus et, bientôt, l'humeur un brin morose de Gilles refit son apparition.

Il y eut le Mexique, Cuba, l'Égypte, l'Australie. Plus les destinations étaient lointaines, plus l'effet était long à mourir. Évidemment, les dettes étaient subséquentes…

Gilles faisait des heures supplémentaires, acceptait plus de contrats à faire le soir dans son atelier qu'il n'était en mesure d'honorer. Je me couchais seule, me levais le matin en constatant qu'il était déjà parti et bien souvent qu'il n'avait même pas dormi près de moi.

Un jour que je lui reprochais patiemment d'en faire trop, de se tuer à la tâche, il me lança amèrement qu'il faisait cela pour payer *mes* voyages. Je restai bouche bée. MES voyages?

« Tu as bien dit MES voyages? Tu as appuyé délibérément sur le « mes », ou je me trompe?
— Parfaitement! Tu as très bien compris. Ne fais pas comme si tu ne savais pas de quoi je parle. »

Je n'ai plus ouvert la bouche, ce soir-là. Ça m'aurait menée à quoi de lui retourner l'accusation, de lui dire que ces voyages-là n'avaient pour but que de le retrouver, voire de sauver notre union? Non, je n'aurais pas pu lui dire une chose pareille, parce qu'à l'époque je ne croyais pas qu'elle avait besoin d'être sauvée. C'était là, en moi, mais je ne voulais pas me l'avouer.

Notre vie commune n'était plus ce qu'elle était et je cherchais déjà à me leurrer avec des faux-semblants. Mais peut-être aurais-je dû lui parler, lui expliquer mon malaise, lui raconter comment j'en étais venue à penser qu'une escapade sur la planète était tout ce qu'il désirait. Il m'aurait peut-être alors éclairci le tableau, dessiné les contours de son univers secret, avoué ce qui lui faisait peur, ce qui lui manquait tant.

Non, je me suis tue et je n'ai plus jamais parlé de voyage.

CHAPITRE 15

AUJOURD'HUI

Johanne s'est mise dans la tête de me présenter à son beau-frère qui est – ô miracle! – encore célibataire à quarante-trois ans. Je ne peux pas m'empêcher de me demander méchamment quelle tare il a pour qu'il en soit ainsi. Je rejette d'emblée ce projet.

«Je déteste ces histoires arrangées d'avance. De quoi on va avoir l'air? On va être super mal à l'aise et on ne saura pas quoi se dire.

— Il est très bien, tu vas voir. Avec lui, on ne s'ennuie jamais, il a beaucoup de conversation et il n'est pas gênant le moins du monde. Et en plus, il est beau.

— J'ai cinquante et un ans, Johanne, et il en a huit de moins. C'est parfaitement ridicule. S'il est aussi beau que tu le prétends, il pourrait s'intéresser à des femmes plus jeunes que lui, il n'aurait aucun mal à en dénicher une. Au bar où tu m'as déjà emmenée, tiens.

— Il n'aime pas aller dans les bars, je te l'ai déjà dit. Et il préfère les femmes indépendantes, autonomes et sérieuses.

— Vieilles, tu veux dire. Je ne suis pas sérieuse, je suis vieille. Et si je suis indépendante et autonome, ce n'est pas par choix.

— Tu te dénigres tout le temps. Tu vas arrêter ça, veux-tu? Tu ne fais pas du tout ton âge, tu es très belle et attirante. Tu t'es regardée dernièrement dans un miroir?

—Ce matin. Et je n'ai vu qu'une femme seule qui essaie tant bien que mal de survivre.

—Tu as peur, voilà ce que tu as. Tu crèves de trouille de rencontrer quelqu'un de bien et d'oublier Gilles.

—Je ne pourrai jamais l'oublier, Johanne. Vas-tu me faire croire que tu as oublié Rémi?

—Tu sais très bien que non. Je me suis mal exprimée. Ce que je voulais dire, c'est que tu ne veux pas le descendre du piédestal où tu l'avais mis. »

Ça m'a causé un choc, mais elle avait raison. J'y ai cependant apporté une nuance : ce n'est pas seulement Gilles, mais le couple que nous formions, que j'avais idéalisé. À mes yeux, nous représentions le couple parfait.

« Jacques n'essaiera sûrement pas de te brusquer, ça ne lui ressemble pas. Et puis, ça ne t'engage à rien de faire sa connaissance.

—Tu lui en as déjà parlé, n'est-ce pas?

—Oui, et il est d'accord.

—Il sait quel âge j'ai?

—Oui, Laurianne, et ça ne lui cause pas de problème.

—Bon, d'accord. Organise-le, ton souper, et on verra bien.

—Merveilleux! Je savais bien que tu finirais par accepter.

—Tu as quand même pas mal insisté, n'oublie pas.

—Je fais cela pour ton bien, ma vieille. »

Elle s'est sauvée en courant. J'ai failli lui crier de revenir. Je regrettais déjà.

Finalement, la rencontre n'a pas eu lieu. Jacques a dû décommander presque à la dernière minute à cause d'un déplacement imprévu pour son travail. J'ai, bien sûr, pensé qu'il s'agissait d'un prétexte, mais je n'en ai pas soufflé mot à Johanne.

« Il est vraiment désolé, Laurianne. Il a dit que ce n'était que partie remise.

— On verra.

— Comment ça, on verra? Tu étais d'accord, pourquoi tu ne le serais plus?

— J'aurai peut-être rencontré quelqu'un d'ici là ou bien ce sera lui. On ne sait jamais ce qui nous pend au bout du nez.

— Je voudrais bien le faire rapidement, mais soit c'est Yves, soit c'est Jacques, ou soit c'est moi qui ne peux pas.

— Ou moi. Ça m'arrive aussi d'avoir des choses à faire, tu sais.

— Oui, bon, je te ferai signe dès que ça s'arrange. »

Une chose est sûre, ce n'est pas moi qui vais la relancer. On dirait que je commence à m'habituer à l'idée de vivre seule. Ou bien je préfère la solitude à la compagnie d'un autre homme...

CHAPITRE 16

HIER

Lorsque mon père est décédé, je me suis écroulée. La femme mûre de trente-neuf ans que j'étais avait disparu pour laisser toute la place à la petite fille qui pleurait son héros.

Je l'ai déjà dit, j'étais fille unique. Je ne me rappelle pas avoir eu de gros conflits avec mes parents, même à l'adolescence. Je n'ai pas souvenir d'avoir voulu en changer, d'en avoir eu honte ou de les maudire, comme cela est déjà arrivé à mes filles. J'ai toujours été très proche d'eux. Pas une semaine ne se passait sans que je leur rende visite, seule ou accompagnée.

Mon père était pompier et il sauvait souvent des vies. Je débordais de fierté pour son courage et son abnégation. Il en faut beaucoup pour risquer sa propre vie pour celle des autres. Il était retraité depuis neuf ans quand il est décédé. Rien ne laissait présager une mort aussi rapide. Un infarctus foudroyant, de ceux qui ne pardonnent pas. Il n'avait même pas d'antécédent. Soixante-quatre ans, c'est si jeune pour mourir.

J'étais inconsolable. Je suis allée m'installer chez ma mère. J'avais un besoin viscéral de me rapprocher d'elle, de retrouver son odeur, sa chaleur. J'y suis restée une semaine. Nous avons pleuré à n'en plus finir, avons parlé de lui, avons regardé des photos. Nous nous sommes souvenues…

Les autres, tous les autres étaient des intrus. Il nous fallait être toutes seules, toutes les deux, pour amorcer ce deuil si subit et incompréhensible. Gilles respectait notre désir, mais il téléphonait tous les jours. Nous ne parlions pas beaucoup. Il me donnait surtout des nouvelles des filles. Le reste m'importait peu.

Quand je lui ai annoncé mon retour, il est venu, seul, me chercher. Il avait les traits tirés. J'ai présumé que les enfants y étaient pour quelque chose. Il n'avait jamais été seul avec elles si longtemps et, à huit et dix ans, ce n'est pas de tout repos.

Sur le chemin de la maison, il a brusquement arrêté la voiture et m'a prise dans ses bras.

«Laurianne, tu m'as tellement manqué. Ne me laisse plus jamais seul.
— Ça a été si difficile que ça, avec Léa et Noémie?
— Non, nos filles sont des anges. Je te parle de toi et moi, Laurianne. Je t'aime et je ne supporte pas d'être séparé de toi.
— J'en avais besoin, Gilles, et ma mère aussi. Si tu savais comme ça nous a fait du bien!
— Je comprends, je ne te reproche rien. Mais toi partie, la maison n'a plus d'âme.
— C'est si rare que tu te laisses aller à de telles confidences. Juste pour ça, ça en valait la peine.
— C'est vrai que je ne te dis pas assez souvent que je t'aime. Mais tu ne dois jamais en douter, mon amour.
— Jamais, je te le promets. Mais tu pourrais peut-être faire un petit effort, de temps en temps? La vie est si courte.

—Je le ferai, je te le promets. »

Il a tenu promesse pendant un temps. Il était plus démonstratif, me surprenait par de petites attentions charmantes : des lilas qu'il avait coupés chez un voisin, une petite sculpture qu'il avait fabriquée dans son atelier. Il me complimentait plus souvent, me chuchotait des petits mots doux à l'oreille.

Quand ça s'est tari, j'ai pensé faire comme pour les voyages : reproduire ce qui avait déclenché ce doux intermède. Mais j'avais déjà compris que ce n'était pas une solution. Ce qui n'est pas naturel ne dure pas.

Toutefois, je lui avais promis que je ne douterais jamais de son amour. J'ai sans doute continué à y croire, bien après qu'il eut cessé de m'aimer.

CHAPITRE 17

AUJOURD'HUI

J'ai rencontré quelqu'un. Toute seule, sans l'aide de personne. J'ai fait sa connaissance à la banque. C'est mon nouveau conseiller financier. Il m'a plu tout de suite. Il a une bonne tête et respire la confiance en soi.

Il a soixante ans, est veuf, et ses quatre enfants sont tous mariés et bien installés dans la vie. Il est grand-père depuis peu, d'une jolie fillette, Annabelle, dont il parle sans arrêt avec des étoiles dans les yeux. Quand je le vois ainsi, il me fait littéralement craquer.

C'est une belle famille. Je les ai tous déjà rencontrés. C'est vrai que c'est un peu vite, mais Robert est un homme qui sait ce qu'il veut et, ma foi, ça ne me déplaît pas. Il est sur le point de prendre sa retraite, dans deux mois, et il ne veut pas gâcher du temps à tourner en rond. Alors, il est allé droit au but.

« Laurianne, ça fait déjà six fois qu'on se rencontre pour affaires et ça m'a convaincu que j'aimerais aller un peu plus loin avec vous, si vous le désirez aussi, évidemment.

— Eh bien, je ne m'attendais pas à ça, vous me prenez au dépourvu.

— Je sais, pardonnez-moi, mais je suis ainsi, je fonce toujours. Mais croyez bien que je prends quand même le temps de réfléchir avant d'agir, même si ce n'est pas évident pour les autres.

— Je l'espère bien. Quant à moi, je ne suis pas d'une nature impulsive et, bien que vous me plaisiez…

— Formidable! Nous nous entendons déjà sur ce point: vous me plaisez, je vous plais. C'est un bon début, non? »

Je me suis mise à rire. Je n'avais jamais été abordée d'une façon si directe, mais, contre toute attente, j'appréciais cette manière d'être.

« Que diriez-vous de commencer par aller souper ensemble? Et si tout se déroule bien, je vous présenterai à mes enfants. Pour moi, c'est primordial. Si ça devait clocher quelque part avec eux, ça mettrait un frein à mes élans. C'est comme ça. Néanmoins, vous pouvez aller à votre rythme en ce qui concerne vos filles, c'est vous qui voyez.

— Bien, c'est un peu rapide, mais ça a le mérite d'être franc. Allons-y pour le souper et avisons par la suite. »

J'avais vraiment envie de sortir avec lui, contrairement à Richard, et je n'ai pas regretté un seul instant d'avoir accepté. Robert parlait beaucoup de sa famille et, loin de m'ennuyer, cela me rassurait sur ses valeurs. Pour moi aussi, mes racines avaient toujours été primordiales; alors, nous nous entendions parfaitement là-dessus. À peine une semaine après notre première sortie avaient lieu les présentations officielles. Curieusement, je n'étais pas nerveuse. Si les enfants étaient comme leur père, il n'y avait pas à s'inquiéter. Et tout se déroula à merveille. En fait, depuis trois ans que leur mère était décédée, ils commençaient à craindre que Robert vieillisse seul et ils m'accueillirent presque comme un miracle.

Il est légèrement plus petit que moi, est presque chauve, mais il dégage tellement d'assurance, de prestance, qu'on en oublie le reste. Je ne veux pas dire qu'il manque de charme, mais ce n'est pas ce qui m'a attirée, je l'avoue. C'est plutôt son audace et son regard franc. Il est toujours bien mis et il s'exprime d'une délicieuse façon, quelque peu surannée. Il ne fait pas vieux, il fait distingué. La première fois qu'il m'a embrassée, j'ai eu peur de ne rien ressentir, parce que je dois admettre qu'il m'intimide un peu, mais il sait y faire, il n'y a pas de doute. Il le cache bien, mais il est très sensuel.

Nous nous voyons régulièrement, mais nous prenons tout notre temps avant d'aller plus loin. C'est dans de petites attentions comme celles-là que je réalise pleinement notre écart d'âge. Un homme plus jeune aurait déjà sauté cette étape-là, et j'apprécie que ce ne soit pas le cas. Il me faut du temps pour apprivoiser l'idée de mon corps caressé par d'autres mains que celles qui m'étaient tellement familières.

Je me refuse à voir trop loin en avant, mais je me sens bien. Il me bouscule un peu par certains aspects de sa personnalité, mais cela ne l'empêche pas de me respecter, bien au contraire. Nous ne parlons pas encore d'amour et cela me rassure. Cela me prouve qu'il a dit vrai : avant de prendre le taureau par les cornes, il évalue préalablement les risques.

Alors, je sais que je peux lui faire confiance.

CHAPITRE 18

HIER

Nos maladies à nous, les parents, ne sont rien comparées à celles qui terrassent nos enfants. J'aurais pu perdre un sein, lorsque j'ai eu le cancer, que je m'en serais remise. Gilles serait resté boiteux, après son accident, et je suis certaine qu'il aurait surmonté aussi cette épreuve.

Mais perdre un enfant, ou ne serait-ce que risquer d'en perdre un, c'est la fin du monde assurée. Je ne peux pas penser que ça puisse être autrement, même si je ne l'ai pas vécu. Pas vraiment.

Noémie l'intrépide... Noémie l'aventureuse... Que de frayeurs elle nous a fait vivre, malgré une vigilance de tous les instants! Elle était tellement vive qu'elle nous filait entre les doigts aussi vite qu'une couleuvre et on se retrouvait à courir derrière elle, le cœur battant, terrorisés en l'imaginant être fauchée devant nos yeux.

C'est arrivé. Jasper, notre chien, avait échappé aux mains de Léa, avait couru sur la route devant la maison, et Noémie s'était élancée derrière lui. Elle avait cinq ans et connaissait parfaitement les règles de sécurité, mais elle n'avait écouté que son cœur pour sauver son précieux compagnon.

Gilles s'était mis à courir derrière le chien, mais la petite l'avait devancé, malgré ses jambes plus courtes, et je n'avais pas été assez rapide pour la retenir, moi non plus.

Il me semble que je me rappellerai à jamais le bruit que ça a fait, quand le pare-chocs de l'automobile a heurté le corps de mon enfant. Je reverrai toujours également la façon dont Noémie a protégé le chiot en se lovant autour de lui, pour qu'il ne soit pas blessé par l'impact.

Le monde s'est arrêté. Dans les films, on voit ces scènes-là au ralenti, mais la réalité, c'est que tout s'arrête. Je n'ai pas gardé de souvenir, par contre, de ce qui s'est passé ensuite, entre ce bruit atroce et le moment où je me suis « réveillée » au chevet de mon bébé, à l'hôpital. On me l'a raconté, mais ce ne sont pas mes images. Je ne m'y reconnais pas et c'est trop douloureux. Je ne veux pas me rappeler.

Noémie s'en est tirée avec une seule jambe fracturée et de nombreuses contusions, évidemment. Elle a eu beaucoup de chance. NOUS avons eu beaucoup de chance.

Est-ce que Gilles m'en a voulu secrètement pour mon manque de vigilance? Est-ce qu'il a cru que je lui reprochais la même chose?

C'est bizarre, à l'époque, je ne m'étais pas questionnée là-dessus. Qu'est-ce que j'essaie de prouver?

CHAPITRE 19

AUJOURD'HUI

C'est au tour de Noémie d'annoncer sa venue. Comme à chaque visite, je m'active, je fais des courses, je m'emballe.

Elle arrive les bras chargés de paquets qu'elle dépose dans sa chambre. Après les embrassades, elle vide ses sacs un à un, tout en me donnant des nouvelles de sa vie là-bas. Je me suis assise sur le lit et je la regarde s'affairer avec de plus en plus de stupeur. Constatant mon silence, elle se retourne vers moi et, en voyant l'étonnement sur mon visage, elle se fige.

« Maman? Qu'est-ce qu'il y a?
— Noémie, ce sont toutes tes affaires, celles qui étaient restées à la maison?
— Oui, ça ne te dérange pas, j'espère, que je les installe ici?
— Bien sûr que non. Mais pourquoi fais-tu ça?
— Christine a redécoré ma chambre.
— Oh! Et elle ne te plaît pas?
— Eh bien… Disons qu'elle est très féminine.
— Féminine? Elle ne t'a pas demandé ton avis?
— Elle a dit que c'était une surprise. Elle trouvait que ma chambre avait l'air… encombrée. C'est ce qu'elle a dit.
— Elle a fait du ménage, alors?

— Dans un sens, oui. Elle a enlevé toutes mes affiches et a fait peindre les murs…

— De quelle couleur?

— Elle appelle ça « lavande ». Moi, je trouve que ça tire sur le rose.

— Tu as toujours détesté le rose.

— Oui, et c'est encore le cas. Elle a changé le couvre-lit et il y a plein de petits coussins de différentes tailles. Elle a dit que c'était pour remplacer mes toutous en peluche, qui devaient dater de ma naissance.

— C'était le cas pour la plupart d'entre eux, non?

— Ce sont des souvenirs auxquels je tiens. Oh! et il y a aussi du papier peint sur un mur, des rayures.

— Il me semble que tu n'aimes pas beaucoup ça non plus.

— J'ai horreur de ça, tu veux dire. Et elle a mis des rideaux à la fenêtre. Des rideaux, tu te rends compte? Et pas n'importe quoi! On dirait qu'ils bouffent de partout.

— Oh! mon Dieu!

— Tu l'as dit. Je ne comprends pas comment papa a pu la laisser faire ça. C'est affreux! Je ne dormirai plus jamais là. Je vais leur rendre visite, bien sûr, mais c'est ici que je viendrai coucher. Si tu veux bien, maman.

— Ma chérie! Tu sais bien que tu es chez toi, ici. Mais, là-bas, c'est la maison où tu es née…

— Non, maman. La maison où je suis née, c'est où tu habites. Là-bas, ce n'est plus chez moi. Je ne reconnais plus rien. Je ne peux même plus me servir toute seule, les choses ne sont plus à leur place. L'autre jour, j'ai voulu prendre mon verre, tu sais, celui en plastique qui avait un panda dessus et que j'avais gagné à l'école, en maternelle. Eh bien, il n'était plus là. Elle l'a jeté, maman. Elle nous fait disparaître petit à petit.

— Tu en as parlé à ton père?

— Ça ne servirait à rien. Elle le mène par le bout du nez.

—Noémie! Gilles n'a jamais été comme ça.

—Maintenant, si. Ce n'est vraiment pas drôle, tu sais. Léa va être en colère contre moi quand elle saura que je t'ai dit tout ça.

—Et pourquoi?

—Parce qu'on ne voulait pas que tu t'inquiètes pour nous. Promets-moi que tu ne le feras pas, maman. J'avais tellement besoin de t'en parler! Je suis vraiment en colère!

—Si tu me jures que tu n'hésiteras jamais à me parler de ce qui te ronge, je ne me ferai pas de souci. C'est dans le cas contraire que je m'alarmerais.

—C'est un pacte, alors.

—Est-ce que Léa déménagera aussi ses pénates ici?

—J'en suis sûre. Je crois qu'elle est encore plus en colère que moi.

—Léa? En colère?

—Tu sais comment elle est. Plus elle est en colère, plus elle est calme. Un jour, ça va l'étouffer.

—Je lui parlerai, je lui ferai dire ce qu'elle a sur le cœur. »

Que s'était-il donc passé chez Gilles pour qu'il soit à ce point transformé? Pour qu'il laisse ses propres filles dans un tel désarroi? Plus encore, qu'il permette à une étrangère de l'éloigner d'elles?

Évidemment, pour lui, ce n'était pas une étrangère, mais ne serait-ce pas plus normal de donner la priorité aux enfants de son sang? Comme Robert le fait avec les siens?

J'apprécie de plus en plus le caractère de mon nouveau compagnon. Je ne l'ai pas encore présenté à Léa et Noémie, mais je ne me fais pas de souci. Si cela devait échouer, il se retirerait de lui-même et je l'en remercierais. Jamais je ne sacrifierai mes filles adorées à mon bonheur égoïste.

CHAPITRE 20

HIER

Plus Léa et Noémie vieillissaient, plus je trouvais que Gilles était autoritaire. Il me semblait qu'avant, il était plus compréhensif, plus coulant.

Nous n'avions jamais eu de différends concernant l'éducation à leur donner. Nous étions issus de milieux similaires et avions reçu en héritage le même code de conduite. Nous partagions les mêmes goûts simples et nos principes se rejoignaient totalement.

Je ne comprenais pas ce soudain revirement. Les filles non plus, d'ailleurs. Une paire de chaussures qui traînait et c'était une remise à l'ordre cinglante; une dispute entre elles qui dégénérait en cris et c'était la punition assurée; un retard de cinq minutes sur l'heure du coucher et, le lendemain, l'heure était avancée de dix minutes.

Je me gardais bien d'intervenir devant les fautives, mais je tentais par-derrière de tempérer les humeurs de Gilles en essayant du mieux possible de les comprendre.

« Elles sont au début de l'adolescence, Gilles; ce ne sont pas des adultes. Et tu en connais, toi, des adultes parfaits?

—Elles sont gâtées, pourries. C'est de ta faute. Tu leur as toujours passé tous leurs caprices.

—Tu es parfaitement injuste. C'est quoi, ces histoires-là? Partout où on va, les gens nous disent à quel point elles sont bien élevées, gentilles, serviables.

—Quand elles étaient petites, peut-être. Je constate qu'elles changent et pas nécessairement pour le mieux. Il est temps d'y voir, de resserrer le cordon.

—Au contraire, il faut leur laisser un peu de latitude. C'est comme ça qu'elles vont forger leur caractère. L'adolescence est un moment crucial, tu ne l'ignores pas. Il faut les pousser à se découvrir, pas les confiner dans leurs habitudes d'enfant.

—Parce que c'est toi la grande spécialiste, maintenant? Je n'ai plus droit à mon opinion?

—Mais qu'est-ce que tu racontes? On s'est toujours bien entendus sur leur éducation. Pourquoi ça devient si compliqué?

—Parce que tu ne comprends pas mon point de vue. Moi, je pense que c'est justement là qu'il faut les suivre de près. Les adolescents mal encadrés, on sait ce qu'ils deviennent. Voyons, Laurianne, ce n'est certainement pas ça que tu veux pour nos filles.

—Il faut les encadrer, je ne dis pas le contraire, mais pas les étouffer. Il me semble que ce n'est pas si difficile à comprendre.

—Parce que c'est moi qui ne comprends pas! C'est toujours pareil avec toi. Tu es parfaite et moi, je suis un crétin...»

Et ça continuait ainsi jusqu'à plus soif.

Plus les souvenirs affluent, plus je me rends compte que nous n'étions pas un couple parfait, loin de là. Il y avait des failles, mais, à ce moment-là, je ne les voyais pas ou ne voulais pas les voir.

Par ailleurs, quel couple n'en a pas? Qui peut se vanter d'être exemplaire en tout temps? Moi. Moi, je l'ai fait. Je nous avais idéalisés, et la chute en a été doublement brutale, multipliée par mille.

Mais doucement, très, très doucement, j'évolue. On dit souvent qu'il ne faut pas regarder en arrière, qu'il est vain de chercher à comprendre, mais, dans mon cas, c'est salutaire. Ça me permet de réaliser beaucoup de choses, de me recentrer par rapport à la situation. Finalement, la culpabilité est à double face. Elle n'est jamais à sens unique.

CHAPITRE 21

AUJOURD'HUI

Robert m'a fait la grande demande. Il veut absolument se marier. C'est ça ou rien.

Il y a bousculer et bousculer, on s'entend! Accepter un souper et une rencontre un peu préméditée avec ses enfants passe encore, mais le mariage? Tout en moi se hérisse à cette idée.

Je ne dis pas jamais, mais, pour l'instant, c'est trop tôt. Et pas seulement parce que ça ne fait que trois mois qu'on se fréquente. C'est trop tôt, un point c'est tout. Depuis qu'il a pris sa retraite, Robert ne bouscule plus; il précipite les choses.

Ce n'est pas sa première lubie. Il y a eu l'histoire de la maison.

Il était venu me chercher et m'avait bandé les yeux; il me réservait une surprise, et de taille. Quand j'ai recouvré la vue, j'étais devant une maison, très jolie, très moderne – le contraire de ce que j'aime – très grande et sûrement très chère. Devant mon manque de réaction dû à mon immense étonnement, Robert m'a expliqué que j'avais devant les yeux notre future demeure à tous les deux…, si je le voulais bien, évidemment. Sauf qu'il avait tout planifié : ma participation financière, conforme à mes revenus et à mes placements, dont il avait une excellente idée puisqu'il avait été, jusqu'à tout récemment, mon conseiller financier; le nombre de chambres pour accueillir tous nos enfants, le nombre de fois où chacun d'eux viendrait en visite, le nombre de voyages qu'on pourrait se permettre, toujours en tenant compte de mes revenus, etc., etc.

Bizarrement, ce qui me tracassait le plus dans toute cette histoire, c'est qu'il avait profité de son statut de professionnel pour aller puiser ses renseignements directement dans mon dossier bancaire, sans mon autorisation.

Je lui ai expliqué calmement mon point de vue, sans m'appesantir sur cet aspect des choses. J'ai surtout mis l'importance sur le fait que je ne me sentais pas prête pour des changements si importants en un si court laps de temps.

Il n'a pas insisté et n'en a même jamais reparlé. Je ne sais même pas s'il avait seulement signé une promesse d'achat ou s'il en était déjà propriétaire.

Ensuite, il y a eu l'épisode de la pension alimentaire. Lorsque nous nous sommes séparés, Gilles et moi, nous avons tout réglé à l'amiable. Je n'ai jamais eu à m'en plaindre. Gilles a été juste dans tous les domaines, même qu'il m'offrait plus que ce que je désirais.

Robert en avait décidé autrement. Il soutenait que j'aurais pu demander plus, que je m'étais laissé avoir, que mon ex-conjoint avait profité de ma naïveté. Encore là, il était bien placé pour savoir de quoi il parlait.

Robert était une bonne personne, mais il était

habitué à gérer : des portefeuilles, des employés, des budgets… Ce n'était pas méchant de sa part, c'était seulement sa nature, mais moi, je ne cadrais pas dans ce moule. J'avais toujours administré toute seule mes avoirs et, du temps de ma vie avec Gilles, ceux de ma famille aussi. Je n'aimais pas qu'on me dise quoi faire, ni comment ni quand. Encore moins qu'on agisse à ma place.

Robert s'était trompé sur mon compte. Il avait détecté ma vulnérabilité après ma séparation et en avait probablement déduit que j'étais manipulable.

Je lui ai signifié la fin de notre histoire, sans mettre en cause ses maladresses. Après tout, peut-être lui arrivait-il d'aller trop vite, de ne pas bien prendre la mesure de son « adversaire ».

Je ne me sens pas amère de cet échec, car j'ai appris une chose importante à mon sujet : je n'ai besoin de personne pour être heureuse. Quand je me choisirai un nouveau compagnon de vie, ce ne sera pas pour m'appuyer sur lui, mais pour l'épauler, d'égale à égal.

CHAPITRE 22

HIER

Léa, elle, n'a pas été heurtée par une auto, mais c'est la maladie qui l'a terrassée. Elle a eu une méningite à huit ans.

Il n'y a pas eu de choc. La vie ne s'est pas arrêtée. Mon cerveau ne s'est pas rebellé en occultant le plus affreux, mais je sentais la mort avide de réussir là où elle avait déjà échoué avec Noémie et à l'affût de la moindre inattention de ma part.

Je revois son petit visage émacié, ses paupières bleuies qui, lorsqu'elles se soulevaient, laissaient apparaître des yeux rougis par la fièvre, ses lèvres toutes craquelées et si pâles, si pâles… Je n'oublierai jamais comment ses yeux me cherchaient, comment sa bouche tentait de me sourire malgré tout, pour me rassurer.

Je n'ai pas quitté son chevet pendant une semaine, avant d'être tout à fait certaine que le danger était définitivement écarté.

J'ai peur que Gilles se soit senti exclu, mais je ne pouvais pas faire autrement. Je serais devenue folle si on m'avait empêchée d'être à ses côtés. Je sais, pourtant, que sa peur était égale à la mienne, mais j'étais incapable de m'en soucier. Tout ce que je sais, c'est que je n'ai pas agi égoïstement. C'était une question de survie. Et si c'était à refaire, je referais exactement la même chose. Parce que je pense que l'importance qu'on a est celle qu'on se donne. Pour ma part, je n'avais pas l'impression d'usurper la place de qui que ce soit; je prenais MA place, pas celle qui m'était impartie par mon statut de mère, mais celle que je DEVAIS avoir, sous peine d'en mourir.

Est-ce que je désire trop? Trop fort? Est-ce que je neutralise les efforts des autres? Est-ce que Gilles s'est senti englouti, annihilé par ma volonté?

J'espère sincèrement que non. Je lui aurais volontiers laissé la place auprès de notre fille malade s'il en avait signifié le désir.

CHAPITRE 23

AUJOURD'HUI

C'est bientôt les vacances. Je les ai toujours choisies en fonction de celles de Gilles, alors j'ai fait pareil. Je ne savais pas quoi faire d'autre.

D'habitude, nous partions quelques jours sans les enfants et tout le reste leur était consacré. C'étaient leurs choix qui primaient. Le zoo, la plage, les pique-niques, les randonnées pédestres, la visite de tous les sites touristiques des environs, du camping, la location d'un chalet, un voyage à la mer, la plongée sous-marine, le kayak… Elles ne manquaient jamais d'idées. C'était chacune leur tour de décider, et tout le monde se ralliait sans discuter. C'était toujours de merveilleuses vacances. Gilles n'avait que deux semaines, mais moi, j'ai toujours eu un mois.

Peu à peu, j'ai apprivoisé ma solitude. Enfin, presque. Il y a encore des moments où c'est plus difficile, mais je m'en sors tant bien que mal.

Cette période-là m'angoisse un peu. Un mois toute seule, sans travailler, c'est beaucoup. J'aurais pu prendre moins de jours de vacances, les étaler sur plus longtemps, une journée par-ci, une journée par-là, mais mon corps a vraiment besoin d'un repos prolongé.

Pendant ma dernière semaine de travail, j'ai fait une rencontre qui a complètement changé les choses.

Je suis allée chez le dentiste et, dans la salle d'attente, il y avait Simon, celui que j'ai laissé tomber pour Gilles. Je ne l'avais jamais revu depuis notre rupture, parce qu'il était parti travailler à l'extérieur. Il est revenu depuis un an, m'a-t-il dit. Au début, j'étais un peu mal à l'aise, mais il semblait tellement heureux de me revoir que j'ai rapidement laissé tomber mes défenses.

Nous nous sommes retrouvés autour d'un café et nous avons bavardé des heures durant. Il m'a raconté sa vie – le croirez-vous, il est divorcé! – et moi la mienne, du moins dans les grandes lignes. Il a un garçon de quatorze ans, qui vit avec sa mère. Il ne le voit pas souvent et ça le chagrine énormément. Elle est restée là-bas, mais Simon a dû revenir parce qu'il avait perdu son emploi et qu'ici on lui en avait offert un qui était très intéressant. Son but est d'y retourner et il y a un de ses anciens collègues de travail qui surveille les besoins de la main-d'œuvre dans son domaine.

Il n'a pas beaucoup changé. Ses cheveux roux ont un peu pâli avec l'âge et, dans mon souvenir, ses yeux gris étaient également plus foncés. Il est un peu bedonnant, ce qui me fait sourire quand je pense à sa maigreur d'autrefois. Mais ça lui va bien, il a un bon visage.

Je ne sais pas ce qu'il pense de moi. Je réalise avec stupeur que j'aimerais lui plaire, qu'il me trouve belle. C'est la première fois depuis ma séparation. Avec Robert, ça ne s'est pas présenté de la même façon.

Ses vacances sont prévues en même temps que les miennes. On se promet des sorties et on se sépare en notant nos numéros de téléphone respectifs. On s'embrasse sur les joues et je ressens un petit frémissement au creux de mon estomac.

Je cherche dans ma mémoire – ça fait plus de trente ans! – et je me souviens vaguement de nos étreintes. Je me rappelle surtout qu'il avait tellement peur de me décevoir, qu'il en perdait sa spontanéité. Nous étions si jeunes, alors, sans expérience.

Je me sens rougir. Mes pensées ont dérivé sur ce que ça pourrait être, maintenant. Ça va faire bientôt un an que mon corps est sevré de caresses. Robert l'avait réveillé avec ses baisers savants, mais il n'était pas allé plus loin; j'imagine qu'il attendait après le mariage.

J'ai son numéro, mais je ne l'appellerai pas. J'en serais bien incapable. Les jeunes femmes d'aujourd'hui le font, elles, mais, à mon âge, c'est un concept difficile à assimiler, du moins en ce qui me concerne.

Le lendemain, Léa et Noémie se sont donné le mot; elles appellent l'une après l'autre. Elles se sont consultées et ont chacune une semaine de vacances ensemble. Elles viendront la passer avec moi. J'en pleure de joie. Elles me font promettre de ne rien préparer, de ne rien acheter. Nous aviserons au fur et à mesure.

Elles seront là durant ma deuxième semaine. C'est parfait! J'aurai du temps pour refaire le plein d'énergie et je serai assez en forme pour les suivre où qu'elles aillent.

CHAPITRE 24

HIER

À quarante et un ans, j'ai eu un cancer du sein. L'opération, les traitements, la peur de mourir, l'inquiétude pour mes filles… Encore aujourd'hui, j'éprouve de la difficulté à en parler.

Mon médecin l'ayant détecté au tout début du processus, il n'y a pas eu d'ablation du sein, heureusement. Pas de chimiothérapie non plus, seulement de la radiothérapie. Je n'ai pas perdu mes cheveux. En somme, je m'en suis très bien tirée physiquement. Moralement, c'est tout autre chose. Quand un membre d'une famille développe un cancer, c'est toute la famille qui en est atteinte, à divers degrés.

Léa, qui avait alors douze ans, décréta qu'elle n'irait plus à l'école pour pouvoir s'occuper de moi, tant que je ne reprendrais pas une vie normale. Elle ne me lâchait pas d'une semelle, calculait ce que je mangeais, comptait mes heures de sommeil, exigeait même de dormir dans la même chambre que moi. C'était tout juste si je pouvais aller toute seule aux toilettes et, encore, elle m'interdisait de verrouiller la porte et patientait de l'autre côté jusqu'à ce que je sorte. Et si je tardais et qu'elle n'entendait pas de bruit, elle se jetait contre le battant en criant mon nom.

Au bout d'une semaine de ce régime, j'étais à bout de nerfs. Je comprenais son effroi, celui de me voir mourir, mais il était de mon devoir d'agir avant que ça ne tourne en obsession ou, pire, en phobie.

Je la contraignis à retourner à l'école et le seul moyen d'y parvenir fut de la persuader que, si elle résistait, je retournerais à l'hôpital. Elle m'a fait la tête pendant un an au minimum. Je me demande si parfois elle ne m'en veut pas encore un peu. Après coup, je réalise la maladresse de mon intervention, mais, sur le moment, je n'ai trouvé rien de mieux à faire.

Noémie, quant à elle, tomba malade. Personne ne comprenait de quoi elle souffrait, jusqu'à ce qu'elle se mette à perdre ses cheveux par poignées. Tous les symptômes qu'elle avait étaient ceux d'un cancéreux en chimiothérapie. C'était sa manière inconsciente de montrer sa solidarité envers moi. C'était pathétique de la voir souffrir à ma place. On a dû lui faire rencontrer un psychologue et à Léa aussi, par la même occasion. Avec son aide, Noémie n'a pas tardé à recouvrer la santé, mais elle a mouillé son lit jusqu'à ce que je reprenne le travail.

Gilles... Je ne peux pas encore m'expliquer la réaction de Gilles. J'imagine que lui aussi aurait eu besoin d'en parler à quelqu'un de qualifié, mais je n'ai même pas osé le lui suggérer. Il est assez borné sur ce sujet.

Sa réaction initiale à l'annonce de la mauvaise nouvelle a été du déni. Il refusait d'admettre la réalité, mais je lisais dans ses yeux une panique démesurée, étant donné que mes chances de guérison complète étaient excellentes.

Après l'opération, il semblait être redevenu lui-même. Il a été d'une efficacité sans limites. Ma mère m'avait offert de venir à la maison pour prendre toute la famille en charge, mais il a refusé. Il avait demandé des congés et c'est lui qui a tout fait, tant que je n'ai pas été en mesure de reprendre le flambeau.

Gilles n'a jamais été ce qu'on appelle un «homme rose». Pendant toutes ces années où nous avons vécu ensemble, il n'a participé que rarement aux tâches ménagères ou à la préparation des repas. J'en avais pris mon parti puisqu'il se donnait à fond dans d'autres domaines.

Quoi qu'il en soit, il m'a éblouie par ses capacités à faire face à des situations inhabituelles pour lui. Les repas, le ménage, le lavage, les lunchs pour l'école à préparer, les enfants qui causaient autant d'inquiétude que moi, sinon plus… Oui, je n'ai que des louanges à lui adresser. Sauf que…

Pendant au moins six mois, bien après mon rétablissement complet, il ne m'a pas touchée. Rien, pas une caresse, pas un baiser. Il dormait sur le divan du salon la plus grande partie de la nuit; il ne revenait dans notre lit qu'aux premières lueurs de l'aube. Alors, il s'allongeait le plus près possible du bord du lit, de son côté, et, dès que mes mouvements ou ma respiration témoignaient de mon réveil, il se levait d'un bond et s'habillait à la hâte avant d'aller réveiller Léa et Noémie pour l'école.

Au début, j'ai mis cela sur la peur de me faire mal, quoiqu'un baiser sur le front ou une main caressante sur l'épaule ne soit pas contre-indiqué après une opération. Ou encore, si j'avais perdu un sein, j'aurais compris ses réticences.

J'ai tenté à quelques reprises de lui en parler, sans vouloir insister outre mesure, mais il s'enfermait alors dans une bouderie plus que pénible. J'ai renoncé.

Lorsqu'on vit une telle épreuve, on a besoin d'encore plus d'amour que d'habitude. J'ai été bien entourée, on a bien pris soin de moi, mais, pour une raison que j'ai toujours ignorée, mon compagnon de vie, celui de qui j'étais en droit d'attendre le plus, ne m'a témoigné que froideur et indifférence.

Au bout de six mois, je lui ai carrément demandé s'il désirait me quitter, étant donné qu'il ne semblait plus m'aimer. Il a fondu en larmes et m'a suppliée de lui pardonner. Ensuite, la vie a repris son cours normal.

Je ne suis pas psychologue. J'imagine qu'il y avait une raison profonde derrière cette attitude incompréhensible. Ç'aurait pu être différent s'il m'en avait parlé. J'aurais au moins compris, au lieu d'en être blessée. N'avait-il pas suffisamment confiance en moi, après toutes ces années de vie commune?

CHAPITRE 25

AUJOURD'HUI

Simon me téléphone le mercredi de la première semaine de mes vacances. Il m'invite pour une balade en décapotable. C'est une journée magnifique, il fait beau, mais pas trop chaud. Il a prévu un pique-nique. Nous nous arrêtons au bord d'un lac et nous y restons jusque tard dans l'après-midi, à siroter le vin qu'il a emporté. L'ambiance est détendue, il me fait rire et c'est bon. Ça fait si longtemps.

Il prend ma main, baise l'intérieur du poignet et plonge son regard dans le mien.

«Je suis heureux, Laurianne. J'avais oublié à quel point tu n'étais pas compliquée.
— Ça fait si longtemps.
— Tu n'as pas changé, ou plutôt si, tu es encore plus belle que dans mon souvenir.
— On porte tous les marques du temps.
— Elles t'ont embellie. C'est vrai! C'est vraiment ce que je crois, je suis sincère.
— Je te remercie, alors. Même si je trouve ça exagéré, c'est agréable à entendre.
— Laurianne, ça ne fait pas encore un an que toi et Gilles êtes séparés. Est-ce que tu te sens prête pour autre chose?
— Avec toi?

—Oui, moi, je suis plus que prêt et de t'avoir rencontrée est comme un miracle. Je me dis que c'est un signe. Mais je ne veux pas me faire d'illusions, tu vois. À nos âges, on n'a pas de temps à perdre à tourner autour du pot. »

Il a raison et je l'admire pour m'en avoir parlé si franchement. Je le fixe avec un air sérieux. Il mérite ma franchise. Après ce que j'ai vécu récemment avec Robert, si quelqu'un d'autre m'avait posé cette question, j'aurais répondu par la négative. En l'occurrence, avec Simon, j'ai l'impression d'avoir sauté une étape. C'est un peu comme si je retrouvais une vieille chaussette confortable que j'avais perdue. Il ne m'est pas indifférent, loin de là. Toute la journée, j'ai ressenti de petits fourmillements dans mes membres, comme une fébrilité contrôlée à moitié.

« Avec toi, je le suis.
— Tu en es sûre ? »

Je n'ai pas le temps de répondre qu'il se penche et pose sa bouche sur la mienne. Comme c'est étrange. C'est nouveau, mais c'est familier en même temps. Ses lèvres sont fraîches, contrairement à celles de Gilles qui étaient toujours chaudes. J'ai déjà oublié celles de Robert. La texture est différente aussi, le goût, plus prononcé ; le vin peut-être…

Je me laisse aller, c'est agréable. Il embrasse bien, très bien même. Il n'avait pas, naguère, cette technique si raffinée.

Très vite, je ne pense plus à rien d'autre qu'à cette bouche, qu'à cette langue qui s'enroule autour de la mienne. C'est presque une torture…

Tout à coup, sans crier gare, il se rejette en arrière, se relève maladroitement et s'éloigne de quelques pas. Je cligne des yeux, aveuglée par le soleil qui me semble plus fort que tantôt. J'ai si chaud et, en même temps, je tremble. C'est si extraordinaire, le désir! Il tourne la tête vers moi et me fixe d'un air incertain. Je lui souris.

«Laurianne, combien de temps veux-tu attendre avant de faire l'amour?

— C'est très direct, comme question.

— Parce que moi, à la façon dont tu embrasses, je ne pourrai pas résister très longtemps.

— Tu t'es beaucoup amélioré, toi aussi.

— J'étais presque un gamin. Je voulais tellement t'impressionner.

— C'est réussi.

— Pas maintenant, nigaude, avant. Enfin, maintenant aussi, à bien y penser. Tu n'as pas répondu à ma question.

— Eh bien, à mon avis, on peut voir les choses ainsi: on se connaît depuis très, très, très longtemps, donc on ne pourra pas dire de moi que je suis une femme facile. Et en plus, on l'a déjà fait, alors…

— Alors?

— Le plus tôt sera le mieux, je pense. Il me semble qu'on a assez attendu.

— Chez toi ou chez moi?

— Quel est l'endroit le plus près?

— Toi, alors! Aide-moi à tout ramasser. »

Nous repartons en un temps record. Au lieu de nous ramener en ville, il freine brusquement devant des petits motels coquets avec vue sur le lac et, après m'avoir consultée du regard, il engage la voiture sur le stationnement.

Plus tard, en rentrant au bercail, je me sens repue, satisfaite. Égoïstement, je songe que je n'ai plus aucun souci à me faire pour mes vacances. Je ne veux pas voir plus loin pour le moment.

CHAPITRE 26

HIER

Gilles aussi a eu son lot de blessures et de maladies. Le pire, c'est quand il a reçu une poutre sur le pied, au chantier où il travaillait. Il était chaussé des bottes sécuritaires obligatoires, heureusement, parce que ça aurait été beaucoup plus grave. En l'occurrence, ce sont les os de la cheville qui ont absorbé le plus gros du choc. Il a dû subir une intervention qui s'est déroulée sans problème et ses chances de retrouver une démarche complètement normale étaient entières.

C'est après que ça s'est corsé, durant sa convalescence. J'ai dit à plusieurs reprises à quel point Gilles était d'un calme à toute épreuve, mais si on associe souvent calme avec patience, on fait une erreur monumentale, du moins en ce qui le concerne.

Et pour aggraver le tout, je n'ai pas, mais alors là pas du tout, l'âme d'une sainte. Jamais un mot gentil, un remerciement, même prononcé sur le bout des lèvres. Même pas un sourire, SURTOUT PAS un sourire. C'eût été trop demander!

Les filles n'osaient presque plus bouger et même les chuchotements étaient vus d'un mauvais œil. Ma nourriture, qu'il avait toujours aimée, ne lui convenait plus: pas assez ou trop salée, pas assez ou trop chaude, pas assez ou trop grasse, tout était pas assez ou trop.

Complètement découragée, j'avais appelé sa mère à la rescousse, qui refusa tout net de venir, ne serait-ce que pour lui rendre visite.

« Ma pauvre petite, je te plains. Je sais trop ce que c'est, et c'est bien pourquoi tu ne me verras pas me pointer le bout du nez. C'est ça, la vie à deux : on prend le bon et le mauvais avec.

— Vous oubliez que je ne suis pas réellement mariée.

— Pourquoi crois-tu que je n'ai pas insisté en ce sens?

— Mais, madame Moreau, il n'y a rien à faire pour qu'il redevienne un être humain?

— Rien, ma chère. En tout cas, moi, je n'ai pas trouvé l'antidote et, pourtant, ce n'est pas faute d'avoir cherché. Son père est pareil.

— Je comprends beaucoup de choses, maintenant. Bon, il ne me reste qu'une seule solution, alors.

— Crois bien que j'ai tout essayé.

— Même l'abandonner à son sort?

— Tu oserais faire ça? J'admets que j'y ai déjà pensé, mais je n'ai pas pu.

— C'est cela ou je l'étrangle.

— Oui, j'avoue que c'est un peu radical, comme solution. Je vais donc filtrer mes appels au cas où il téléphonerait. Je n'ai aucune envie de lui parler. Bonne chance, Laurianne. »

Par acquit de conscience, j'ai attendu au lendemain matin, au cas où il y aurait eu un infime espoir d'un retour à la normale.

J'ai préparé un sac pour chacune de nous trois

et nous sommes allées lui dire au revoir. J'avais préalablement expliqué la situation aux enfants et mon plan n'avait soulevé aucune objection de leur part. Elles aussi avaient atteint leur limite d'endurance.

«Gilles, les filles et moi, nous sommes venues t'annoncer que nous partons nous installer provisoirement chez ma mère.

— Tu veux rire?

— Pas du tout. Il n'y a aucun motif de se réjouir et c'est bien pourquoi nous avons pris cette décision.

— Tu veux m'abandonner tout seul ici?

— Comme rien de ce que nous faisons ne te satisfait, j'en ai conclu que tu saurais mieux que nous ce qui est bon pour toi.

— C'est ridicule. Tu sais très bien que je ne pourrai pas me faire à manger.

— Tu pourras faire réchauffer de la soupe en boîte, ou tu commanderas ce que tu veux au restaurant.

— Tu n'oseras pas.

— Les bagages sont déjà dans l'auto.

— Je vais appeler ma mère. Elle a du cœur, elle.

— Tu peux essayer, mais si j'étais toi, je ne parierais pas trop là-dessus. Lorsque tu auras repris tes esprits, tu pourras me demander de revenir, mais pas avant. Soigne-toi bien.

— Léa, Noémie, vous allez rester avec papa, n'est-ce pas? Avouez que c'est une blague.

— Au revoir, papa.

— À bientôt, papa.»

Il a téléphoné à sa mère sans arrêt pendant les deux premiers jours. Elle avait interdit à son mari de répondre, et les messages qu'il laissait sur le répondeur étaient de plus en plus rageurs. Après, c'est chez la mienne qu'il a sévi. Je prenais tous les appels, mais je raccrochais presque aussitôt en entendant la litanie de reproches qu'il m'adressait. Ça a duré jusqu'à la fin de la semaine. La deuxième semaine, plus rien. J'avoue que je m'inquiétais un peu – madame Moreau n'avait plus de nouvelles non plus –, mais j'ai tenu bon. J'étais sûre qu'il espérait que les remords me feraient revenir.

Finalement, il s'est décidé à rappeler après quinze jours de solitude.

« Laurianne, j'aimerais que tu reviennes, maintenant.
— Comment vas-tu?
— Bien. Je te demande pardon et aux filles aussi. Tu as eu raison de faire ce que tu as fait.
— Tu en es sûr? Tu n'es pas trop en colère?
— Je l'ai été. Si tu étais revenue au début, je n'aurais pas répondu de moi. Mais c'est fini, j'ai compris.
— Est-ce que la maison est dans un état acceptable?
— Oui, je me suis bien débrouillé, tu verras. Quand allez-vous revenir?
— Je vais y songer.
— J'espérais que vous reviendriez dès ce soir. Vous me manquez tellement.
— Ah oui?
— Je te jure, Laurianne, que ça n'arrivera plus. J'ai eu ma leçon. Revenez quand vous serez prêtes, je vous attendrai. Je vous aime tellement, toutes les trois! »

Il nous manquait, à nous aussi. C'est fou ce que l'amour peut nous faire oublier. L'après-midi même, nous étions de retour et le soir, couchée entre ses bras, la tête appuyée sur son cœur, je me disais que notre amour était de ceux qui peuvent tout traverser.

CHAPITRE 27

AUJOURD'HUI

Johanne m'a relancé concernant son beau-frère, Jacques. Je ne lui ai pas encore parlé de Simon; à Léa et Noémie non plus. Je crois que c'est un mélange de pudeur, de gêne, de remords et de crainte.

On comprendra sans peine les deux premiers; quant au troisième, je sais que c'est ridicule, mais j'ai des remords de me laisser aller avec un autre homme que celui que je considérais comme mon mari. J'ai l'impression de le tromper, je ne peux pas m'en empêcher. La crainte, c'est de me laisser abuser ou de tout perdre encore une fois; elle est inévitable, je pense.

Quoi qu'il en soit, je me suis confiée à Johanne. Elle a été enchantée pour moi, bien que légèrement déçue pour son beau-frère, je l'ai senti.

La prochaine fois que Léa et Noémie pourront faire coïncider leurs congés, je leur présenterai mon compagnon. Ça aussi, ça me fait peur. Je n'ai aucune idée de leur éventuelle réaction.

Par ailleurs, ma relation avec Simon se déroule bien. J'ai conscience que ma phrase manque un peu d'ardeur, mais c'est comme ça que je le ressens.

À dix-huit ans, je n'étais pas amoureuse de lui et je ne le suis pas encore. Pourtant, il me rend heureuse. J'aime sortir avec lui, notre entente à tous les points de vue est excellente, nous avons beaucoup de choses en commun et notre sexualité est satisfaisante. Je sais, je n'ai pas l'air très passionnée en m'exprimant de cette façon. Mon corps aime faire l'amour avec Simon. C'est un amant généreux, si je puis m'exprimer ainsi, mais quand le cœur ne participe pas à cette union, ça semble toujours incomplet. Il manque l'étincelle…

Quand on est une très jeune femme, l'amour avec un grand A et la passion sont indispensables, indissociables, même. Je n'aurais pas pu, autrefois, épouser Simon et passer ma vie avec lui. Aujourd'hui, bien que j'aie conscience de la sagesse de mes sentiments, j'entrevois les choses différemment. Je ne songe pas au mariage, ni non plus à une vie commune dans un délai rapproché, mais cela pourrait se faire. Je n'y serais pas opposée, de prime abord, évidemment.

Parce qu'il y a quelque chose chez lui que je ne cerne pas tout à fait. Parfois, je ressens un malaise, mon cœur rate un battement et, après coup, je ne me rappelle pas ce qui m'a causé cette réaction. Est-ce une parole, un geste, un regard? Est-ce que c'est mon inconscient qui me joue des tours? Est-ce que je ne veux pas voir ce qui serait évident pour tout le monde? Est-ce que le fait de le connaître depuis si longtemps fausse ma perception? Et puis, ce n'est peut-être rien du tout. Je me rends bien compte que j'ai tendance à être méfiante.

C'est comme lorsque j'ai fait la connaissance de mon voisin d'en haut. Je pense que j'ai fait une folle de moi. En fait, j'en suis sûre. Je l'ai pris pour un voleur et je l'ai assommé.

Je dois préciser, à mon corps défendant, qu'il était deux heures du matin et qu'il tentait d'entrer dans son appartement en passant par la fenêtre; il avait oublié ses clés dans sa voiture, qu'il avait verrouillée par inadvertance. J'ai le sommeil très léger. J'avais entendu du bruit et, quand cela se produit, je vérifie toujours d'où il provient, sinon je ne me rendors pas.

Quand j'ai vu cet homme en haut de l'escalier, qui avait la moitié du corps engagée dans la fenêtre située près de la porte, je n'ai écouté que mon courage devant l'imminence du délit et j'ai grimpé les marches à toute vitesse. Parvenue en haut, j'ai commencé à lui asséner des coups de balai sur le dos et, quand il s'est extirpé de son inconfortable position, je lui en ai donné un bon coup sur la tête. Il s'est écroulé à mes pieds, mais il était encore conscient et il a alors agrippé ma cheville. Je me suis mise à hurler derechef. J'ai réussi à me libérer et suis redescendue en courant, bien décidée à me barricader derrière ma porte et à appeler la police, ce que j'aurais dû faire avant tout, je l'admets. Les voisins, alertés par tout ce remue-ménage, m'avaient devancée, et une patrouille arriva sur les lieux presque aussitôt pour trouver l'homme encore étendu devant sa porte, gémissant. Avant même que j'aie pu exposer le pourquoi de mon intervention, il avait décliné son identité et porté plainte contre moi pour coups et blessures.

Finalement, tout est rentré dans l'ordre. Nous nous sommes expliqués devant les deux agents et il a admis que ses agissements pouvaient porter à confusion. De mon côté, je lui ai présenté mes plus plates excuses et il a retiré sa plainte.

Je considère que j'avais des raisons d'être méfiante, mais j'aurais dû laisser la police régler la situation. J'ai immédiatement sauté aux conclusions, sans même lui laisser le bénéfice du doute.

Je ne veux pas devenir ce genre de personnes qui soupçonnent tout le monde autour d'eux. Je ne veux pas tomber dans la paranoïa et voir des dangers partout.

Ce malaise diffus que je ressens en présence de Simon n'est probablement que la conséquence de ma peur irrationnelle de m'engager à nouveau dans une relation à long terme.

CHAPITRE 28

HIER

À une époque, j'ai soupçonné Gilles d'avoir une maîtresse.

Tous les mardis soir, il jouait aux quilles, du moins pendant l'hiver. Je ne l'accompagnais pas souvent, je n'aimais pas ce sport, et le regarder jouer ne m'apportait pas le plaisir que j'avais de le voir courir sur le terrain de balle lente, l'été. De toute façon, il avait plus ou moins reconnu qu'il préférait y aller seul et cela ne me posait pas de problème particulier. On a tous besoin de se retrouver entre copains, parfois, loin du regard curieux de nos conjoints.

Nous avions un couple d'amis, Caroline et Denis, et ce dernier faisait également partie de la ligue du mardi soir. Un jour, Caroline me demanda d'un air faussement détaché pourquoi je n'accompagnais jamais Gilles dans ses sorties. Je la connaissais suffisamment pour savoir qu'elle ne disait jamais rien sans avoir une bonne raison.

«Nous sommes toujours ensemble, je peux bien lui laisser un peu de liberté une fois par semaine. Tu y vas, toi?
— Pas toujours, mais j'y vais de temps en temps pour voir de quoi il retourne.

—À t'entendre, on dirait que c'est de l'espionnage. Tu me fais rire avec tes manigances.

—Tu ne devrais pas en rire, Laurianne. On ne sait jamais, il vaut mieux voir venir.

—Quoi, au juste? Une autre femme? Denis ne te ferait jamais une chose pareille; tu devrais lui faire davantage confiance.

—Personne n'est à l'abri de rien, tout le monde sait cela. C'est bien beau, la confiance, mais il ne faut pas être naïve.

—Tu parles de toi ou de moi, là?

—De tout le monde, de n'importe qui. Mais si le chapeau te fait…

—Caroline, si tu as quelque chose à me dire, fais-le. Quelque chose de concret, pas un doute ou un ouï-dire.

—C'est à toi de voir, Laurianne. Il y a des femmes, là-bas, des femmes seules qui chassent. Tout ce que j'en dis, c'est de garder l'œil ouvert, au cas où.

—Est-ce qu'une de ces chasseresses s'intéresse de trop près à Gilles, Caroline? C'est ça, le message que tu veux que je saisisse?

—Ce n'est pas à moi à surveiller ton mari. Le mien m'accapare bien assez comme ça.

—Si Gilles était ton mari à toi, tu ferais quoi?

—Je viendrais faire un tour, histoire d'en avoir le cœur net. »

J'y suis allée, bien entendu. Le message, si c'en était bien un, avait porté ses fruits. Et, comble de la sournoiserie, je m'y suis rendue sans en aviser mon conjoint.

Caroline n'y était pas. Je préférais cela. Elle m'aurait peut-être pointé quelqu'un du doigt et je ne voulais pas me laisser influencer; je voulais découvrir par moi-même s'il y avait lieu de douter.

Je ne me suis pas montrée tout de suite; je suis restée dans l'ombre. Je me faisais l'effet d'être une voyeuse. Mieux observer sans être vue... Je dois bien admettre que c'est efficace comme procédé.

Je l'ai aperçue tout de suite. Même un aveugle ne l'aurait pas ratée. Environ le même âge que moi, aguichante, petite, pulpeuse, brune, les yeux lourdement maquillés, la poitrine exhibée fièrement, les hanches ondulantes, les fesses hautes. Elle avait tout pour émoustiller un homme marié depuis trop longtemps à la même femme.

Personnellement, je la trouvais un peu vulgaire, provocante à l'excès, mais c'est là-dessus justement qu'elle misait. Une madame Tout-le-Monde n'aurait jamais eu de chance avec ces hommes à la fidélité exemplaire. Pour les faire trébucher, ces femmes devaient sortir de l'ordinaire, elles devaient en mettre plein la vue.

Je dis « elles » parce qu'elles étaient trois, et les hommes les lorgnaient, croyaient-ils, avec discrétion. Ils riaient trop fort, roulaient leurs manches de chemise pour laisser admirer leurs biceps, bombaient le torse et rentraient leur ventre.

Gilles ne faisait pas exception à la règle. Lily – c'était écrit en grosses lettres sur son t-shirt moulant – lui lançait des œillades incendiaires et le pauvre en rougissait de plaisir.

Je suis repartie comme j'étais venue, en douce. Si j'avais signalé ma présence, j'aurais été indésirable. Gilles n'aurait pas aimé se faire surprendre ainsi, au beau milieu d'une partie si intéressante. Je ne croyais pas qu'il avait déjà succombé aux charmes de Lily, mais c'était une situation que je ne pouvais pas ignorer.

La semaine suivante, j'ai annoncé à Gilles que je l'accompagnerais à sa soirée de quilles. Le moins qu'on puisse dire, c'est qu'il n'a pas eu l'air enchanté, mais il ne pouvait pas décemment me l'interdire pour ne pas éveiller d'éventuels soupçons.

Notre plan, à moi et à Caroline, à qui j'avais demandé la contribution, était de les rejoindre une heure plus tard, le temps de nous préparer. J'ai prétexté je ne sais quelle raison et il est parti, me laissant le champ libre. Caroline est aussitôt arrivée. À croire qu'elle était cachée derrière la maison à surveiller son départ.

Nous nous sommes mises à l'œuvre. J'avais résolu de me battre à armes égales et, sans me vanter, je savais que j'avais tous les atouts en main, et Caroline également. En effet, parées de vêtements sexy, de bottes à talons hauts, maquillées avantageusement, les lèvres bien dessinées d'un beau rouge alléchant, nous n'avions rien à envier à ces chasseresses. Nos cheveux – que nous attachions le plus souvent, par habitude – libérés et flottant autour de nos visages, faisaient apparaître des ombres mystérieuses dans nos yeux. Nous étions damnées si nous ne réussissions pas à ramener nos maris dans nos filets.

Léa et Noémie, à qui nous avions dit qu'il s'agissait d'un jeu, n'en finissaient plus de s'exclamer.

« Maman, on dirait que ce n'est pas toi.
— Tu es tellement…, tellement jolie, c'est pas croyable. Et si on n'avait pas su que c'était Caroline, on ne l'aurait pas reconnue.

— Papa va te courir après, tu vas voir. Et Denis aussi, Caroline.

— C'est ça le but, mes chéries. Soyez sages avec votre gardienne. À plus tard. »

Lorsque nous avons fait notre apparition, Lily et ses comparses étaient déjà à l'œuvre, mais nous sentions nos maris plus réticents, sachant que nous ne tarderions pas à arriver.

Sans nous glorifier d'une manière excessive, je dois bien admettre que nous avons fait fureur. Plus personne ne faisait attention aux trois autres. En fait, ce n'était pas très difficile. Nous avions nettement plus de classe qu'elles, et nos hommes n'ont pas été longs à le reconnaître. Le regard enflammé que Gilles a posé sur moi a été très explicite à ce sujet. Lily a bien essayé de reprendre son avantage, mais je n'aurais pas voulu être l'objet de la moue dédaigneuse qui est alors apparue sur le visage de l'homme qui partageait ma vie.

J'avais occulté ce souvenir de ma mémoire, parce que je n'en étais pas très fière. Il avait fallu que je me déguise, ni plus ni moins, pour séduire mon conjoint. Et cela n'avait rien à voir avec les dessous ultrasexy et les déshabillés vaporeux qu'on enfile dans l'intimité pour intensifier leur ardeur.

Non, je ne tirais aucune vanité du fait que j'avais gagné la partie, puisque je l'avais gagnée avec les armes de l'autre et non avec les miennes.

CHAPITRE 29

AUJOURD'HUI

La rencontre entre Léa, Noémie et Simon a eu lieu. En général, cela s'est bien déroulé...

Sauf que je me faisais l'effet d'une intruse. Voilà, je l'ai dit. Je me sens un peu mieux, mais, en même temps, je me méprise. C'est comme si j'étais jalouse de mes filles. Ça n'a aucun sens.

Ils ont bavardé à bâtons rompus, il les a fait rire, ils ont chanté, dansé, regardé des photos... Je crois qu'elles l'ont apprécié et qu'elles sont enchantées pour moi. Alors, qu'est-ce que j'ai?

Du moment où il est entré dans l'appartement, il n'a eu d'yeux que pour elles. Il m'a à peine saluée, ne m'a même pas embrassée et ne m'a pratiquement pas adressé la parole de la soirée, sauf quelques banalités du genre : « C'est excellent! », « Puis-je en reprendre? », « Encore un peu de vin? »

Léa s'en est rendu compte, il me semble. Elle a fait des efforts louables pour me mêler à leurs conversations, mais, dès que j'ouvrais la bouche, Simon me coupait la parole. Je comprenais son intention : il désirait ardemment faire une bonne impression, mais n'allait-il pas un peu trop loin?

Par exemple, quand il a essayé de montrer à Noémie à danser la valse, j'ai bien vu ma cadette essayer de mettre un peu plus de distance entre elle et lui. Et j'ai surpris un regard nerveux entre elle et Léa. Ou est-ce que je me suis trompée?

Je ne peux tout de même pas avoir imaginé le sursaut vite réprimé de mon aînée quand Simon s'est penché au-dessus de son épaule sous le prétexte de voir une photo de plus près. Ou peut-être que si?

Une chose est certaine, c'est qu'il a trop bu et que ce Simon-là ne me plaît pas.

Mes filles sont magnifiques, bien que différentes. Elles ont toujours eu du succès auprès des garçons, mais je sais qu'elles ont en ce moment des copains qu'elles ne m'ont pas encore présentés. Leur beauté n'est pas que physique, elle est intérieure aussi. Je suis immensément fière d'elles et je donnerais ma vie pour elles. Elles auront toujours la priorité dans mon cœur, peu importe l'attachement que je pourrais avoir pour quelqu'un d'autre.

Je me demande tout à coup si l'amour que je leur porte n'est pas devenu légèrement excessif, du fait que je suis séparée de leur père, comme si j'avais reporté sur elles les sentiments que j'avais pour lui. Est-ce que je me sers d'elles pour éloigner de moi d'éventuels remplaçants? Est-ce que je ne m'imagine pas tout un tas de gestes équivoques pour couper court à une relation qu'inconsciemment je ne désire pas voir évoluer?

Le fait est que ma relation avec Simon n'est plus la même depuis cette soirée. Les doutes me taraudent, c'est plus fort que moi, et, pour empirer la situation, il me parle sans arrêt de mes « deux merveilleuses filles ».

«Quand reviendront-elles? Nous pourrions leur rendre visite, qu'en dis-tu? Et si on les invitait pour un séjour en ski? »

Qu'est-ce que tout ça peut bien cacher? Un simple intérêt, tout à fait convenable, ou un motif plus sombre?

Un mois après la rencontre, Léa et Noémie arrivent à l'improviste, alors qu'elles annoncent toujours leur venue. C'est une belle surprise, mais je sens un mystère dans l'air. Elles entrent très rapidement dans le vif du sujet.

« Ça va toujours bien avec Simon, maman?
— En fait, je ne sais pas trop. Tout compte fait, je ne pense pas que ça ira très loin, cette histoire.
— Ah bon? On croyait que tu étais amoureuse.
— C'est un bien grand mot, amoureuse. Disons que j'étais bien avec lui.
— Plus maintenant? Depuis quand?
— Pourquoi toutes ces questions? Il y a quelque chose qui vous inquiète?
— À vrai dire, oui, un peu.
— C'est pour ça que vous ne m'avez pas avertie de votre visite? Pour ne pas qu'il sache que vous veniez? Vous vouliez me parler, à moi seule?
— La réponse est oui à tes trois questions. Ça nous soulage de savoir que tu n'es pas plus attachée à lui que ça.
— Tout à l'heure, vous avez demandé depuis quand ça n'allait plus vraiment. C'est depuis la soirée où je vous l'ai présenté.
— On s'en doutait un peu. Tu as remarqué des choses, n'est-ce pas?
— Je me demandais si je les avais rêvées. Ce n'est donc pas le cas, d'après ce que je vois.

— Non, on l'a trouvé très empressé auprès de nous, trop, pour être plus justes.

— Ne vous inquiétez pas, je vais mettre fin à tout ça. Il ne me manquait qu'une confirmation de votre part. Quand je pense... Je le connais depuis au moins trente ans. On ne peut plus se fier à personne, de nos jours.

— Tu ne sais rien de sa vie, entre votre toute première rencontre et maintenant.

— C'est vrai. Vous avez raison. J'aurais dû me renseigner un peu plus.

— Eh bien, tu vois, on l'a fait, nous.

— Comment? Vous êtes allées fouiller dans son passé?

— Pardonne-nous, maman. On ne l'a pas fait dans une mauvaise intention, on te le jure. On voulait juste s'assurer que tu étais en de bonnes mains, à cause de l'impression un peu négative qu'il nous avait faite.

— Mais non, je ne vous condamne pas. Vous avez très bien fait, au contraire. Vous avez découvert quelque chose, c'est bien ça?

— Oui, et c'est pas très reluisant, bien qu'il n'y ait aucune preuve formelle. Tu savais qu'il avait perdu son emploi?

— Oui, il me l'a dit.

— Et qu'il avait perdu son droit de visite à son fils?

— Je pensais qu'il ne le voyait jamais à cause de la distance.

— Pas vraiment, non. En fait, il aurait, à ce qu'on dit, eu une aventure à son travail, avec une mineure qui était sous sa responsabilité. Celle-ci nie tout en bloc, mais ils ont été vus ensemble. Probablement qu'elle ne veut pas subir de représailles de sa famille. Enfin, l'employeur a licencié Simon et la fille. Il y a une enquête en cours, mais, en attendant, il n'a pas le droit de voir son fils.

— C'est épouvantable! Non, mais quelle histoire! C'est clair maintenant qu'il est attiré par les jeunes filles. Voilà la raison de son comportement envers vous deux. Il n'a pas pu résister. Mais qu'est-ce que je viens faire là-dedans, moi?

— J'imagine que tu étais un genre de couverture, quelque chose dans ce sens-là.

— C'est dégueulasse. Quand je pense que j'ai…

— Ne commence pas à te sentir coupable, maman. Tu ne savais pas, et notre but n'était pas que tu t'en veuilles, mais que tu te libères.

— Vous avez entièrement raison et je vous remercie infiniment pour ce que vous avez fait pour moi. »

Ne pas me sentir coupable… Évidemment, c'était plus facile à dire qu'à faire. Si je n'avais pas pu me fier à un homme que je connaissais déjà, comment ferais-je pour le faire avec un pur étranger?

CHAPITRE 30

HIER

Un jour, Gilles s'est brouillé avec ses parents, à cause d'une ridicule remarque.

« Ne penses-tu pas qu'il serait temps que tu mettes de l'ordre dans tes papiers et que tu fasses ton testament? Ta femme et tes filles méritent bien que tu te soucies de leur avenir, non? »

Ça a mis le feu aux poudres. C'était un sujet délicat entre nous. Depuis que nous vivions ensemble, il remettait sans cesse la régularisation de notre situation. Ce n'était pas très grave en soi, vu que sa famille ne se composait que de ses parents, mais, quand nous avons eu les enfants et que nous nous sommes mis à voyager, j'ai insisté un peu plus fortement. Ses parents vieillissaient et je ne voulais pas qu'ils soient ennuyés par des tracasseries juridiques facilement évitables. On ne sait jamais ce que nous réserve l'avenir. Je n'en faisais pas une montagne, mais je ne comprenais pas pourquoi il négligeait ce qui n'était, en fait, qu'une simple formalité.

Une fois, d'une façon fort anodine, monsieur Moreau avait abordé le sujet avec moi. Je n'y avais pas vu d'intrusion particulièrement indiscrète et j'avais répondu en toute franchise. Erreur de jugement!

Dans un premier temps, Gilles m'a accusée de m'être liguée avec eux pour lui forcer la main, ce à quoi j'ai rétorqué que, s'il parlait ainsi, cela impliquait qu'il y avait anguille sous roche.

« Qu'est-ce que tu veux dire?
— Tu parles de te forcer la main. Tu avais donc songé à tout léguer à quelqu'un d'autre?
— Ne sois pas stupide. Tout est à toi et aux enfants, tu le sais bien.
— Bien sûr que je le sais. Il ne s'agit que de régulariser la situation au vu de la loi.
— Mais tout te reviendra de toute façon.
— Je ne connais pas toutes les subtilités de la loi, mais ce que je sais, c'est que nous ne sommes pas mariés. C'est l'argent qui te cause un problème? Tu n'es pas obligé de passer devant le notaire, mais j'avoue que ce serait mieux.
— Tu me casses les pieds, c'est pas possible!
— Mais alors, qu'est-ce que tu attends? Prends le téléphone, demande un rendez-vous et le tour est joué. »

Il s'est finalement exécuté et on a fait la paix, mais ç'a été tout autre chose avec ses parents. Il n'acceptait pas leur ingérence dans ses affaires personnelles, leur reprochait mille petits gestes qui dataient de Mathusalem, leur interdisait la maison, ne m'accompagnait plus pour nos visites hebdomadaires.

Charles et Simone n'en menaient pas large. Les accusations de leur fils étaient fausses et totalement injustes, car il n'y avait pas plus discrets qu'eux. Je ne savais plus que faire pour ramener la paix dans mon nid. Je trouvais la réaction de Gilles tellement irrationnelle et disproportionnée.

Pour mettre un terme à toute cette abracadabrante histoire, monsieur et madame Moreau sont venus ramper – je vous jure, c'était presque ça! – aux pieds de leur rejeton, lequel a daigné généreusement leur accorder son pardon.

Je n'ai jamais véritablement pardonné à Gilles d'avoir contraint ses parents à une telle extrémité. Celui que j'ai toujours appelé mon mari, malgré l'absence d'une cérémonie consacrée, me sidérait parfois par son manque de magnanimité, pour ne pas dire son intransigeance.

CHAPITRE 31

PLACE À L'AVENIR!

L'épisode Simon est bel et bien terminé. Par contre, ma solitude ne m'apparaît plus si contraignante. Comme on dit: «Vaut mieux être seule que mal accompagnée.» Ma vie est déjà devenue routinière, moins de deux ans après ma séparation. Jamais je n'aurais cru cela possible.

Mes années avec Gilles me semblent irréelles, lointaines. Toutes mes réminiscences ont servi à quelque chose, finalement. En premier lieu, chasser cette culpabilité malsaine qui m'étouffait, ces remises en question qui me taraudaient. Qu'est-ce que j'ai fait de mal? Qu'aurais-je pu faire pour éviter la rupture? Qu'est-ce que j'ai négligé pour en arriver là? Suis-je moins belle, moins désirable? Ai-je oublié de cultiver notre amour? Ai-je considéré le couple que je formais avec Gilles comme un acquis?

Personne n'est parfait, personne ne mérite d'être mis sur un piédestal. Gilles était un bon compagnon, un bon père, mais il avait des défauts, comme n'importe qui. Comme moi.

C'est fini. Je ne m'apitoierai plus sur ce qui a été, sur ce qui aurait pu être. Dorénavant, il n'y aura plus d'hier. Tout est maintenant confondu, mes deux existences n'en font plus qu'une.

Place à l'avenir!

CHAPITRE 32

Il semble que mon voisin d'en haut – son nom m'échappe encore – ait élu définitivement domicile. J'ai beau le croiser régulièrement, ma gêne est toujours aussi vivace. Nous échangeons quelques salutations guindées, mais c'est clair que nous ne serons jamais amis. Il a une telle façon de me toiser! Ses yeux sont si froids, qu'il me donne la chair de poule. J'admets que j'y ai été un peu fort – il a une légère cicatrice sur le front qui date, je le jurerais, de ce malencontreux épisode –, mais tout de même, il pourrait tirer un trait là-dessus. Il n'est pas exempt de reproches dans ce quiproquo.

Le jardin exigu, avec sa balançoire et sa multitude de fleurs, est censé m'être réservé, puisqu'il jouxte ma porte-fenêtre. Du moins, c'est ce que m'a laissé entendre le propriétaire de l'immeuble. Mais cet individu, depuis son retour définitif de je ne sais quelle mission, se permet de l'envahir.

L'autre jour, j'étais accroupie dans mon parterre, arrachant des mauvaises herbes et aérant la terre autour des plants, quand je me suis aperçue qu'il était bien installé dans la balançoire avec un journal et une tasse de café. En robe de chambre, de surcroît!

J'étais littéralement suffoquée de tant de culot. J'ai tout laissé en plan et je suis rentrée en claquant des talons pour bien montrer mon désaccord. J'ai verrouillé ostensiblement la porte et j'ai fermé les rideaux d'un geste rageur. Pas assez vite pour ne pas avoir remarqué son petit sourire narquois. Je suis persuadée qu'il se venge.

On dirait qu'il a entrepris une guerre des nerfs. Dès que je suis dehors, il apparaît, ce qui m'oblige à rentrer à tout coup. Un dimanche qu'il faisait particulièrement beau, il a installé une chaise longue et s'est fait bronzer tout l'après-midi en sirotant des cocktails pleins de glace. Le détestable individu!

En désespoir de cause, je me suis plainte au pro-priétaire.

« Vous avez raison, le jardin fait partie de la location du logement du bas, c'est d'ailleurs spécifié en bonne et due forme sur les deux baux, mais la vieille dame qui vous a précédée le tolérait; alors, il a pris l'habitude, vous comprenez.

— Je ne suis pas obligée à lui parce qu'il se croit le bienvenu.

— C'est un peu comme si un chat errant avait coutume de venir boire une écuelle de lait. Vous ne le laisseriez pas mourir, n'est-ce pas?

— Ce n'est pas un animal, et il n'est pas mourant, à ce que je sache.

— C'est important de cultiver un bon voisinage. On ne sait jamais quand on peut avoir besoin de l'aide d'un bon Samaritain, surtout quand il habite si près.

— Je ne me sens plus chez moi; il est toujours là.

— On ne peut pas dire qu'il vous ait beaucoup importunée depuis que vous habitez là, n'est-ce pas? »

Le message est clair: je dois m'accommoder de cette situation, sous peine de créer un autre incident diplomatique. Je ne peux pas croire que je serai réduite à me terrer peureusement chez moi. C'est ridicule!

Commence alors une étrange cohabitation. Si je suis déjà installée sur un des bancs de la balançoire, cela ne l'empêche nullement de prendre place sur celui d'en face. Nous ne nous adressons pas la parole. En fait, nous faisons comme si l'autre était invisible.

Parfois, je me demande si je le reconnaîtrais en tombant sur lui par hasard.

CHAPITRE 33

Ma vie sociale n'est pas très étendue. Le travail, le gym, les dîners avec les collègues de bureau, le vélo ou le ski selon la saison, quelques rares sorties avec ma fidèle amie Johanne, les visites épisodiques de mes filles, cela compose toute la trame de mon existence.

Dernièrement, j'ai revu Caroline. Son mari et elle étaient nos meilleurs amis du temps de ma vie avec Gilles. Quand survient une séparation, c'est inévitable, on se perd de vue.

Elle était tellement heureuse de me revoir que je me suis sentie coupable. J'aurais dû la contacter pour lui transmettre mes nouvelles coordonnées. Elle avait d'autres moyens de me retrouver, mais, quand elle a constaté que je ne donnais pas signe de vie, elle s'est dit que je préférais couper les ponts. J'ai présumé qu'elle me remplacerait par Christine; elle a supposé que je ne voulais plus la voir.

Caroline ne s'est jamais embarrassée de faux-fuyants. Bien sûr, ça lui arrive d'user de quelques métaphores, mais, en général, elle dit ce qu'elle a à dire. En l'occurrence, elle m'a clairement laissé entendre, dès le début de notre conversation, qu'elle n'aimait pas Christine.

«Denis et moi, on a espacé volontairement nos visites, jusqu'à plus rien. Elle gère tout et Gilles est en adoration devant elle. Oh! Excuse-moi, je ne voulais pas dire que…

— Ça va, Caroline. C'est de l'histoire ancienne, tout ça. Ça m'est indifférent, maintenant.

— Excellent! Je savais que tu retomberais rapidement sur tes pieds. Tu as toujours été tellement équilibrée. On aimait beaucoup Gilles aussi, mais il est méconnaissable. On ne peut plus avoir une conversation intéressante avec lui. C'est toujours elle qui parle. Elle répond même à sa place, tu te rends compte?

— C'est effectivement dommage, mais parle-moi de toi et de… »

J'ai enchaîné promptement sur un autre sujet, et Caroline a saisi le fond de ma pensée. Elle ne m'a plus jamais parlé de Gilles et de Christine.

Il m'arrive de les accompagner parfois, Denis et elle, à un spectacle ou un repas au restaurant. Je ne me sens plus de trop quand je suis avec un autre couple. C'est la même chose avec Johanne et Yves, qui vit maintenant avec elle et son fils, Alexandre, après que ce dernier lui eut affirmé qu'il désirait ardemment retrouver une figure paternelle dans sa vie.

Inévitablement, le vieux projet de rencontre avec son beau-frère a refait surface. Jacques est toujours partant, semble-t-il, mais moi, j'hésite encore. Décidément, je n'aime pas ces rencontres arrangées d'avance. Johanne est très persuasive et même Yves s'est mis de la partie.

« Je t'assure, Laurianne, c'est un homme très bien. Je le connais depuis longtemps, maintenant, et il est parfait.

— Justement, les hommes parfaits, moi, je m'en méfie.

— Allons, tu ne vas pas généraliser, quand même.

Il a certainement quelques défauts, tout le monde en a, mais ce sont ses qualités qui priment. Tu ne voudrais pas d'un homme mal élevé, irrespectueux, paresseux, malhonnête...

— Ça va, ça va, arrête ton boniment! C'est d'accord.

— Bien! Tu verras, tu ne seras pas déçue. Je n'ai pas connu son frère, le mari décédé de Johanne, mais il paraît qu'il lui ressemble.

— N'en dis pas plus. Je me ferai ma propre opinion. »

Le soir prévu pour la rencontre, je me sens excessivement nerveuse, Dieu seul sait pourquoi. J'ai le sentiment pénible que ce sera un fiasco, mais, après tout, quelle importance?

J'ai exigé de prendre ma voiture et d'aller les rejoindre au restaurant. Comme ça, je serai libre de m'éclipser quand je le voudrai.

En entrant dans la salle à manger, je les vois là, tous les trois, à m'attendre. Ils se lèvent tous à mon approche. Je suis intimidée au-delà du supportable, une vraie collégienne. J'ai ménagé un temps incroyable à ma toilette et je me sais présentable, j'espère même plus. Mais tout à coup, là, devant ces trois paires d'yeux fixées sur moi, je me mets à douter. Je n'ai pas encore vraiment regardé ce Jacques quelque chose dont je ne sais rien, sauf qu'il est censé représenter l'homme de mes rêves.

« Laurianne, tu es époustouflante, ce soir. Tu ne trouves pas, Yves, qu'elle est en beauté? Jacques, je te présente ma grande amie Laurianne St-Clair; Laurianne, voici Jacques Sauvé. »

Je lève les yeux, rougissante, et j'ai un brusque

mouvement de recul, accrochant au passage un serveur qui porte à bout de bras un plateau rempli de verres, dont une bonne partie du contenu se déverse sur l'homme en face de moi, qui n'est nul autre que mon voisin indésirable, que je reconnais sur-le-champ, contrairement à ce que je croyais.

CHAPITRE 34

Dans la confusion qui suit, je me sauve en courant vers les toilettes, suivie de près par Johanne.

« Mais, qu'est-ce qui s'est passé? Il t'a marché sur les pieds, ou quoi? Ou il ne te plaît pas du tout et tu as décidé de régler ça une fois pour toutes?

— Johanne, c'est affreux. Je ne sais pas quoi te dire. Je suis désolée, mais je ne peux pas rester.

— Comment ça? Tu te fais une opinion pas mal vite, je trouve. Je le juge assez beau garçon, moi. Il n'a rien de si abominable pour que tu réagisses avec excès comme tu l'as fait.

— Tu ne comprends pas. Oh! mon Dieu! Je ne t'ai jamais parlé de l'homme qui habite au-dessus de chez moi?

— Vaguement. Il me semble que tu m'as dit que tu ne le voyais pas souvent, mais que dernièrement il était tout le temps là, et... Non! Tu ne vas pas me dire qu'il s'agit de Jacques? Il travaillait toujours à l'étranger et il a décidé de revenir pour de bon et de se caser...

— Je t'ai parlé, également, de nos relations... tendues?

— Qu'est-ce qui a causé ça?

— Je l'ai attaqué à coups de balai parce que je l'ai pris pour un voleur, et... »

Je ne peux pas poursuivre. Elle éclate d'un rire formidable, un rire à alerter la ville au grand complet.

Elle sape complètement son maquillage tellement elle pleure de joie. Moi, je suis passée de la désolation la plus complète à l'ahurissement le plus total et, maintenant, je fulmine de colère réprimée.

« Ça suffit comme ça! Il n'y a rien de drôle dans cette histoire, je t'assure.

— Au contraire, c'est exactement le genre de situation que Jacques adore. Il s'en délecte.

— Eh bien, pas quand il est le principal concerné, tu peux me croire.

— Ça va s'arranger. Viens, allons les retrouver et nous rirons de tout ça d'ici la fin du repas.

— Je ne retournerai pas là-bas, sous aucune considération. Je suis assez humiliée comme ça. De toute façon, il est certainement reparti, à l'heure qu'il est. Tu as vu comme il a été arrosé? »

Sur ce, je m'écroule de rire à mon tour, aussitôt accompagnée de Johanne qui remet ça. C'est la porte de la salle de bain s'entrouvrant tout doucement qui nous calme. Yves passe la tête par l'entrebâillement et nous considère avec circonspection.

« Ça va, les filles? Vous vous en sortez?

— À merveille.

— Vous ameutez tout le restaurant.

— Jacques est toujours là?

— Il a perdu un peu de plumes, mais le veston enlevé, il n'y paraît presque plus. »

Il pouffe comme un gamin, mais se ressaisit d'un air coupable.

« Il m'a un peu raconté ce qui s'est passé entre vous deux, Laurianne.

—Il t'a décrit quelle abominable voisine je fais, je parie?

—Pas du tout. En fait, il dit avoir très envie de te connaître et il aimerait beaucoup que tu reviennes t'asseoir à notre table. »

Ce que je fais, finalement. Qu'est-ce que je peux faire d'autre? M'enfermer dans mon humiliation? Ça aurait l'air puéril. Je relève la tête avec défi et je prends place sur la chaise qu'il m'a avancée.

C'est une soirée assez bizarre, mais certainement mémorable. Il y a Johanne qui se penche naïvement au-dessus de la table et examine attentivement la petite cicatrice que son beau-frère a au front.

« C'est nouveau, ça? Tu t'es fait ça comment? »

Ou elle lui demande ingénument s'il n'a pas oublié ses clés, parce qu'on ne sait pas ce que les voisins vont penser.

Et la voisine ne sait effectivement pas quoi penser de cette rencontre.

CHAPITRE 35

Jacques Sauvé, lui, est heureux de cette soirée. Cela ne s'est pas exactement déroulé comme il avait espéré, mais ça a été indéniablement intéressant.

Il n'a accepté cette rencontre que par curiosité, étant donné l'insistance de Johanne à lui présenter cette perle rare, comme elle l'appelait. Ça faisait bien un an qu'elle essayait de les mettre en présence.

Il a failli annuler à la dernière minute, à cause de son attirance pour une autre femme. Une femme qu'il a commencé par fuir comme la peste : sa voisine d'en bas.

Au cours de ses pérégrinations passées, il ne l'avait croisée qu'à quelques reprises et, bien qu'il eût remarqué sa beauté empreinte de maturité, il n'avait pas cherché à aller plus loin, surtout qu'il n'était jamais là.

Ensuite, quand ils avaient fait connaissance de la façon qu'on connaît, il l'avait catégorisée dans le rôle de la névrosée qui voit le mal partout. Par la suite, il avait eu tout le loisir de l'observer et il avait été fasciné par la complexité de son caractère.

Ce soir, il a été effaré de découvrir que l'amie de Johanne n'était autre que celle qu'il ne sait comment aborder sans qu'elle se cabre. Quelle opportunité offerte par le destin !

Mais il a découvert une autre femme. Loin d'être complexe, elle est désarmante de franchise et d'honnêteté. Et elle est plus que belle; elle possède une beauté sans âge, qu'elle conservera jusqu'à sa mort, il en est persuadé.

Elle l'a pris par surprise avec son geste de recul qui a tout déclenché et il a hésité entre prendre la fuite et rester, en essayant d'essuyer ses vêtements... et son amour-propre. Lorsqu'il a entendu les rires tonitruants provenant de la salle de bain où les deux femmes s'étaient réfugiées, il a serré les dents et s'est presque ravisé. Mais son sens de l'humour a repris le dessus, surtout après avoir raconté à Yves ce qui faisait certainement s'esclaffer les deux amies. Pour la première fois, il a saisi le côté comique de la chose et s'est moqué de lui-même.

Il a été soulagé quand Yves les a ramenées toutes les deux. Il a craint que, gênée d'avoir déclenché une telle pagaille, elle refuse.

Ils n'ont pas vraiment parlé ensemble; les discussions étaient plutôt d'ordre général, incluant les quatre convives. Quand ils se sont séparés, sur le trottoir devant le restaurant, il l'a sentie mal à l'aise et il a compris intuitivement pourquoi: leur destination était la même. Elle a probablement eu peur d'être obligée de l'inviter à entrer, s'ils arrivaient en même temps. Il a fait allusion à une visite au dépanneur pour acheter du lait ou du pain, ce qui lui est passé par la tête. Lorsqu'il est revenu à son appartement, une demi-heure plus tard, toutes les lumières étaient éteintes en bas.

Il est vrai que la situation peut être embarrassante. Ils ne peuvent plus faire semblant de ne pas se voir quand il s'impose dans son jardin.

Il regrette d'avoir agi ainsi. La première fois, tellement habitué d'être le bienvenu dans ce petit coin de paradis que la vieille dame partageait volontiers avec lui, il n'avait pas réalisé son erreur. Lorsqu'il avait remarqué la mine scandalisée de la nouvelle locataire, il avait eu le réflexe de s'excuser et de s'enfuir, puis il s'était ravisé. Elle l'intriguait et il détenait là le prétexte parfait pour l'étudier à loisir.

Il ne le fait plus. Il l'obligerait alors à lui adresser la parole et il ne veut pas de ça. Ce qu'il désire, c'est qu'elle vienne vers lui de son plein gré.

Quand ils se croisent, maintenant, ils échangent quelques paroles courtoises, au lieu des salutations guindées d'avant. Mais ce n'est guère mieux.

Va-t-il devoir déménager pour que l'étincelle jaillisse?

CHAPITRE 36

Je déteste cette situation ambiguë.

Faut-il lui parler, l'inviter à prendre un café, lui demander pourquoi il ne vient plus se balancer? Qu'attend-il de moi? Pour commencer, attend-il quelque chose de moi? Peut-être que je le mets mal à l'aise quand je m'arrête pour lui dire quelques mots. Et si je l'invite, prendra-t-il cela pour une porte ouverte en permanence? Le fait qu'il ne vienne plus dans le jardin est probablement un message, celui d'un homme qui prend ses distances.

Si nous n'habitions pas dans le même immeuble, ce serait beaucoup plus simple. Il serait libre d'appeler pour m'inviter à sortir ou pas, et j'aurais le choix d'accepter ou de refuser.

Et pourquoi ne serait-ce pas pareil? C'est ridicule, vraiment! Nous pouvons devenir amis sans pour autant espérer plus. Moi, oui, mais lui? Je ne sais pas ce qu'il pense de tout ça et, pour le savoir, je dois apprendre à le connaître, c'est logique. Mais je ne peux pas lui forcer la main. Peut-être qu'il ne veut rien savoir de moi. Je l'ai assommé, je l'ai arrosé, il a toutes les raisons du monde de vouloir m'éviter. Il doit croire que je suis un danger public.

Je me rends bien compte à quel point tout cela me trouble. Il y a peu, cet homme m'exaspérait au possible, et maintenant il occupe toutes mes pensées. Pourtant, c'est un étranger. Je ne sais rien de lui, sauf que ma meilleure amie me le recommande, comme on le fait pour un bon vin ou pour un candidat potentiel à un emploi vacant.

Il y a effectivement une place inoccupée dans ma vie, mais ce n'est peut-être pas nécessaire de la combler. Je me débrouille bien et je n'ai de comptes à rendre à personne. Sauf que…

C'est vrai, il y a un certain nombre de « sauf que », mais j'ai des critères très élevés, je le réalise. Jacques Sauvé est plus jeune que moi de quelques années. Je sais que de nos jours c'est de plus en plus fréquent, mais je ne suis pas sans songer à l'attitude de Simon face à mes filles.

Cet homme est libre, séduisant, relativement jeune, il a voyagé partout dans le monde et a certainement une grande expérience en séduction. Ne sera-t-il pas attiré par la jeunesse de Léa ou de Noémie? Je généralise, me direz-vous. Les hommes ne sont pas tous pareils, mais comment savoir?

Il me plaît, c'est indéniable. Il a une allure un peu dégingandée qui le fait paraître encore plus jeune. Par contre, ses cheveux bruns grisonnent déjà aux tempes et il les porte un peu longs. Il bronze facilement, sa peau est brune, et ses yeux changent de couleur; parfois, ils sont noisette, presque dorés, d'autres fois, ils tirent sur le vert. Il n'est pas très athlétique, mais on sent une énergie particulière émaner de sa personne, comme s'il était toujours sur le point de bondir. Il n'est pourtant pas fébrile, ni nerveux, mais on le sent à l'affût.

J'aimerais tant savoir ce qu'il pense de moi! Tout le

monde dit que je ne parais pas mon âge, que je suis « bien conservée », mais je n'ai pas confiance en mes charmes. Je voudrais le séduire, mais j'ai oublié comment on fait. Avec Simon, je n'ai pas eu à faire d'effort; on a seulement repris le fil de notre ancienne histoire.

C'est vendredi, il est dix-sept heures. J'arrive du boulot, il fait beau, j'ai envie de relaxer avec une bonne coupe de vin rouge et je l'aperçois là-haut, assis inconfortablement sur les marches de l'escalier, une bière à la main. Tant pis, je me lance, on verra bien. Je me sens détendue, ce soir.

« J'allais m'installer dans le jardin. Si tu veux me tenir compagnie, tu es le bienvenu. Enfin, tu n'es pas obligé, mais ce serait plus confortable pour toi. En tout cas, tu fais ce que tu veux. »

Je n'ai pas attendu sa réponse; je me suis engouffrée dans mon appartement, presque tête première. Détendue, mon œil! J'ai été lamentable.

Le temps de passer un short et un t-shirt, d'enfiler des sandales plates, d'ouvrir une bouteille et de m'en verser un verre, et je le retrouve bien installé dans la balançoire. Il n'a pas perdu de temps et il arbore un immense sourire. Ma parole, il a l'air content de l'invitation! Ça me ragaillardit un peu.

Je m'installe en face de lui et lui souris en retour. Au début, la conversation est un peu lente à partir, mais, bientôt, cela va tout seul. On ne voit pas le temps passer. Il a fait tellement de choses intéressantes dans son travail, mais il m'encourage aussi à parler de moi et je me trouve pas mal aussi, finalement. Je le fais rire, je ne comprends pas toujours pourquoi, mais c'est agréable.

On se retrouve dans ma cuisine en train de nous préparer à souper. C'est nouveau pour moi de voir un homme s'activer avec des couteaux, des casseroles et des poêlons.

On s'installe sur le patio éclairé par des bougies. La pénombre est invitante, la tiédeur de l'air, caressante, la conversation, stimulante, la senteur des fleurs, enivrante, la musique, apaisante… Je suis décidément d'humeur romantique, ce soir.

Mes paupières sont lourdes malgré moi; Jacques m'annonce qu'il est temps pour lui de rentrer: il est deux heures du matin. Je suis sidérée. Nous sommes là depuis dix-sept heures trente. Ça m'a semblé si court. Il m'aide à transporter les derniers vestiges de notre soirée à l'intérieur et, soudain, mon cœur s'emballe. Que va-t-il se passer, maintenant? Je me retourne vers lui, il est déjà dehors. Il me souffle un baiser accompagné d'un dernier bonsoir et il disparaît.

CHAPITRE 37

Les soirées se succèdent, toutes plus agréables les unes que les autres.

Parfois, nous sortons pour une promenade au clair de lune, un souper au restaurant, un cinéma en début de soirée, mais, la plupart du temps, nous nous partageons le jardin. Quand le temps ne le permet pas, nous nous installons chez moi ou chez lui. L'appartement du haut a les mêmes divisions que celui du bas, mais le décor change toute la perception qu'on en a. C'est résolument moderne, mais chaleureux quand même, grâce à tous les souvenirs qu'il a rapportés des pays qu'il a visités. C'est toujours très propre et je ne crois pas que c'est parce qu'il attend ma visite. Lorsque nous allons chez lui, il insiste pour cuisiner tout seul, mais, chez moi, il refuse de me laisser toute la tâche.

Au bout de trois semaines à ce rythme-là, nous ne sommes encore que d'excellents amis. Jamais il ne s'est permis le moindre geste équivoque. Je commence sérieusement à me demander si je l'intéresse en tant que femme, mais, en même temps, je savoure ces moments amicaux dénués d'arrière-pensée.

Néanmoins, le fait de vivre l'un au-dessus de l'autre amène exactement ce que je craignais : une proximité de tous les instants. Je me demande de plus en plus souvent si c'est une bonne chose, même si j'apprécie infiniment ces soirées en tête-à-tête. C'est comme si on nous avait enlevé la liberté du choix. On ne choisit pas d'être ensemble, nous le sommes de toute façon. Nous vivons presque comme un couple, déjà. Ça va trop vite. J'ai délaissé le gym et toutes mes autres activités. Je lui consacre tous mes temps libres et cela semble réciproque.

Comment être sûre que c'est ce qu'il veut? Comment savoir si cela me convient? Je ressens une forte attirance pour lui, mais est-ce de l'amour?

J'ai peine à croire que je l'ai déjà trouvé arrogant, imbu de lui-même et égocentrique. Il est tout le contraire, mais est-ce que ça cache quelque chose? Je veux dire, ce n'est pas *normal* que je ne lui aie pas trouvé encore de défaut. Tout le monde en a.

J'ai remarqué qu'il cligne souvent de l'œil gauche, comme un tic incontrôlable. Peut-être qu'à la longue ça peut devenir agaçant, mais, jusqu'à maintenant, je trouve ça plutôt amusant. Et il se gratte souvent le nez. C'est un peu déconcertant les premières fois, mais on s'y habitue. Ah oui! Ses cheveux sont toujours ébouriffés comme s'il sortait du lit. Je suppose que certaines femmes pourraient y voir de l'inélégance, mais moi, je trouve ça charmant. On ne peut pas vraiment appeler ça des vices!

Je me sens obligée de mettre un frein à nos rencontres journalières, ne serait-ce que pour vérifier où on en est.

Un soir, après le travail, je vais directement m'entraîner. J'entretiens l'espoir un peu fou qu'il sera installé dans la balançoire à attendre mon retour. Non seulement il n'est pas là, mais son auto non plus. Il est sorti. Quand vient l'heure de me coucher, il n'est toujours pas revenu.

Le lendemain, je me dépêche de rentrer. Il est en haut. Je l'entends circuler, mais il ne descend pas de la soirée. Le mercredi, je retourne au centre sportif, mais l'entrain n'y est pas. J'écourte la séance et me précipite chez moi. Peine perdue. Lorsqu'il arrive un peu plus tard, je suis dans le jardin et je le salue joyeusement, mais, bien qu'il me rende mes politesses tout aussi gaiement, il escalade les marches deux par deux, comme s'il avait peur que je le retienne contre son gré. Il ne redescend pas.

Je ne sais pas quoi penser de son attitude. A-t-il mal interprété mon absence de lundi? A-t-il pensé que je voulais mettre un terme à notre... amitié, disons? Ma défection n'est peut-être, après tout, qu'un hasard dans sa soudaine indifférence. Qui me dit qu'il n'avait pas déjà l'intention d'amorcer une retraite prudente?

J'en reviens à penser, une fois de plus, combien notre promiscuité obligée peut être problématique. Que je le veuille ou non, je suis portée à épier ses faits et gestes et il est fort probable que ce soit pareil pour lui.

Le jeudi est tout aussi triste. Le vendredi, je n'espère plus rien. Il y a un message sur ma boîte vocale. Je m'empresse de l'écouter. Dieu merci, il est de lui. Il m'invite très cérémonieusement à aller le rejoindre en haut à dix-neuf heures pour souper en sa compagnie. Je me retiens pour ne pas crier de joie : il m'entendrait sûrement.

Cette dernière semaine a été un véritable enfer. Il me manque cruellement. Jamais je n'aurais cru ça possible en un si court laps de temps. Puis, je me ressaisis. Et si c'était pour me dire de ne plus rien attendre de lui, désormais?

CHAPITRE 38

Je frappe et j'entre silencieusement en entendant sa voix qui semble provenir de la salle de bain.

« Entre, Laurianne. J'arrive tout de suite. »

Ça sent bon, la table est mise pour deux, il y a des chandeliers, des verres à vin en cristal, la musique joue en sourdine. Je me sens un peu intimidée. C'est si chic, ce soir, contrairement à nos autres repas à l'atmosphère détendue. J'ai mis une longue jupe et un petit corsage en dentelle, comme si j'avais deviné à l'avance quel serait le ton de la soirée.

Jacques apparaît soudainement. Lui aussi a fait un effort vestimentaire. Pantalon noir, chemise grise avec des rayures rouges, les cheveux bien disciplinés, pour une fois. Ils sont encore mouillés. Je devine que c'était à ça qu'il était occupé à l'instant. Il remarque mon regard et les pointe du doigt.

« Ils m'ont donné un mal fou. C'est pour ça que je n'étais pas là pour t'accueillir.

— Tu aurais pu t'éviter ça : je les trouve bien quand ils sont au naturel.

— Avoir su! Tu es très élégante dans cette tenue.

— Ton invitation était si mystérieuse que j'ai cru bon de me mettre en armure.

—Ah oui? Ce n'était pourtant pas mon intention. De quoi voulais-tu te protéger?

—C'est à toi de me le dire. Mais tu n'as rien à m'envier en termes d'élégance. Tu t'es surpassé, autant dans ta tenue que sur la table.

—C'est pour te faire oublier que j'ai raté le souper. Non, c'est une blague. Tu veux un verre de vin?

—Oui, merci.

—Tu as eu une semaine surchargée, on dirait.

—Pas vraiment. J'ai juste repris l'entraînement, histoire d'éliminer tous les bons petits plats que tu nous concoctes si bien. »

Voilà, s'il sait lire entre les lignes, il doit comprendre que je n'ai pas voulu couper les ponts, seulement reprendre quelques habitudes saines. Par contre, je n'ai pas osé lui retourner la question. J'ai peur d'entendre la réponse.

« Tu as dû remarquer que je n'étais pas beaucoup là, moi non plus.

—Ne va surtout pas croire que je surveille tes allées et venues, mais oui, effectivement, j'ai cru remarquer.

—Tu trouves ça délicat, n'est-ce pas, que nous habitions dans le même immeuble?

—Un peu, oui. Pas toi?

—Le problème, c'est de ne pas savoir quand on empiète trop sur la vie de l'autre.

—C'est certain que la barrière est mince. Il ne faut surtout pas que tu te sentes obligé de m'inviter tout le temps. Je sais bien que Johanne nous a présentés l'un à l'autre, mais cela ne nous engage à rien.

—Je ne me sens pas du tout forcé de passer du temps avec toi. J'avais cru que ça te plaisait autant qu'à moi, c'est tout.

—Ce n'est pas ce que j'ai voulu dire, mais tu as parlé toi-même des limites à ne pas dépasser.

—Écoute, Laurianne, si tu trouves que j'en fais trop, j'aimerais vraiment que tu me le dises.

—Mais où es-tu allé chercher ça?

—Qu'est-ce que ça représente pour toi, tout ça?»

On dirait un dialogue de sourds. Je ne sais pas quoi répondre. Je ne veux pas le faire fuir en lui avouant mes sentiments naissants, mais je ne veux pas non plus qu'il me trouve indifférente.

«Bon, tu ne veux pas répondre, c'est ton droit. Tout ce que je te demande, c'est de ne pas jouer avec moi. Si tu crois que nous deux, ça ne ressemble à rien, on arrête tout maintenant.»

Si je ne me trompe pas, il vient de m'avouer que je ne lui suis pas indifférente, et peut-être même plus. Je respire mieux, soudainement, comme si j'avais un poids de moins sur ma poitrine.

«Est-ce que le souper est prêt?

—Quoi? Tu me parles de souper, quand moi, je…

—Tu viens de dire «on arrête tout maintenant», mais je n'y tiens pas et j'ai faim.

—Laurianne, pourquoi ne me dis-tu pas le fond de ta pensée?

—Je crois que c'est parce que j'ai peur.

—De t'engager? Avec moi?

—J'ai un lourd passé derrière moi. Lourd dans le sens de trente années de vie commune avec le même homme, non dans le sens de malheurs accumulés. S'il n'en avait tenu qu'à moi, je serais encore là-bas. Ce qui ne veut pas dire que je n'ai pas fait un trait là-dessus, non, c'est très clair dans ma tête et dans mon cœur. Mais ce n'était pas mon choix; j'ai dû subir, et c'est ça qui est le plus dur. Ne plus décider de ce qui est bien pour nous, se faire imposer un style de vie auquel on n'a jamais aspiré, se faire arracher ce qui nous était cher, sans parler du labeur de toute une vie, voir certains de nos souvenirs se perdre parce qu'il n'y a plus de continuité.

—Je comprends ce que tu veux dire. J'ai connu beaucoup de femmes, mais quand je les ai quittées ou qu'elles m'ont demandé de partir, pas une n'a gardé avec elle un morceau de moi. Je suis entier et toi, tu te sens incomplète.

—Pas incomplète, mais éparpillée. Que je le veuille ou non, j'ai laissé une parcelle de mon essence là-bas, dans la maison que j'ai aidé à construire, et, même si Christine essaie de l'annihiler en détruisant tout le fruit de mes efforts, elle n'y parviendra pas. Il y a aussi les parents de Gilles, à qui j'ai laissé une partie, parce qu'ils m'aimaient comme si j'étais leur propre fille et je les aimais aussi. Je ne les ai pas revus depuis mon départ, mais ils resteront dans mon cœur à jamais. Gilles aussi en a conservé une, bien qu'il en soit probablement inconscient. J'ai été heureuse avec lui, je ne peux pas nier ce fait et je ne le veux pas. Il fera toujours partie de moi, et moi de lui. Et il y a Léa et Noémie qui se partagent la plus grande part. Jamais je ne pourrai faire fi de leurs opinions.

—Si elles ne m'acceptent pas, tu renonceras à nous? Si facilement?

—Ce n'est pas ce que tu crois, Jacques. Mes filles n'ont jamais cherché à régenter ma vie. Elles ne sont pas capricieuses, ni égoïstes et gâtées. Elles ont un bon jugement.

—Alors, je ne suis pas inquiet, parce qu'elles te ressemblent.

—Elles sont jeunes, jolies, séduisantes.

—Tu as peur de mes désirs, c'est ça?

—Pourquoi pas? Ne sous-estime pas la force d'attrait de la jeunesse.

—Je ne peux rien faire pour te persuader de la pureté de mes sentiments face à elles. Il faudra que tu me fasses confiance, Laurianne.

—Je sais.

—Tu crois pouvoir y arriver?

—Je te fais déjà confiance pour te raconter tout ça. Tu pourrais prendre cela comme une mise en garde et faire attention à tes gestes devant moi.

—Tôt ou tard, tes filles t'alerteraient, d'après ce que tu m'en as dit.

—Tu peux en être certain. Il est encore temps pour toi de te sauver de nous.

—Pourquoi crois-tu que c'est ce que je veux?

—Te voilà condamné à jouer franc jeu.

—Je n'ai aucune crainte. Est-ce que tu essaierais, par hasard, de me décourager?

—Pas avant que tu m'aies servi de ce plat qui sent divinement bon. »

CHAPITRE 39

Jacques et moi sommes toujours voisins. Nous ne sommes pas pressés d'unir nos vies. Évidemment, nous nous partageons à tour de rôle nos appartements, mais cela crée tout de même une illusion d'indépendance à laquelle nous tenons.

Le propriétaire de l'immeuble est enchanté. Il n'y a plus de désaccord en ce qui concerne le jardin. Et si Jacques oubliait une fois de plus ses clés, je n'aurais plus à le frapper à coups de balai; j'en possède un double. Mieux que ça, il viendrait se réfugier chez moi.

Cette situation a de nombreux avantages. Il fait son propre ménage, je fais le mien. Il lave et repasse ses vêtements, même chose pour moi. Il s'occupe de ses courses, moi des miennes. Il paie ses factures, je gère mon budget. Pas de mésentente ménagère entre nous.

Lorsque Léa et Noémie viennent en visite sans leur copain, il dort chez lui. Je préfère ça et il respecte mon choix. Ce n'est pas de la honte, ni non plus cette peur qui m'étreignait avant sur les fantasmes qu'il aurait pu entretenir, non; c'est tout simplement un besoin que nous avons toutes les trois de nous retrouver en «famille», et cela n'enlève rien à l'amour que nous portons à Jacques.

Mes filles apprécient beaucoup leur beau-père,

comme elles l'appellent. Elles sont si naturelles avec lui, si à l'aise, que le doute n'est pas permis, même quand ils se font l'accolade.

Elles ne vont plus jamais à la maison. Elles ont expliqué à Gilles ce qu'il en était et ils ont trouvé un terrain d'entente. Ils se rencontrent en d'autres endroits. Christine n'est jamais là, mais Léa et Noémie ne s'en plaignent pas.

Elles aussi ont eu à subir les décisions de leur père, mais, tout comme moi, elles ne lui en veulent pas. Il paraît qu'il a beaucoup vieilli, qu'il semble aigri. «Comme on fait son lit, on se couche.» Je le plains un peu, mais pas trop quand même. Tous les sentiments sont humains.

Léa enseigne maintenant à une classe de deuxième année du primaire. Elle a vraiment la vocation, elle rayonne de bonheur. Elle vit avec son copain depuis un an. C'est un garçon très bien. Ils songent déjà à devenir parents.

Noémie a ouvert sa propre clinique vétérinaire. Elle a réellement le sens des affaires. Elle suit des cours à temps partiel en administration, mais sa passion pour les animaux demeure en première position. Je ne sais pas si c'est pour suivre mon exemple, mais elle ne parle pas de s'installer avec son amoureux, qu'elle fréquente déjà depuis trois ans. Par moments, je soupçonne que c'est tout simplement parce qu'elle ne trouve pas le temps de déménager.

Quant à moi, je suis amoureuse! Parfois, j'ai le goût d'ajouter «comme je ne l'ai jamais été», mais ce ne serait pas juste et ce serait surtout trop facile. Jamais je ne renierai l'amour que j'ai eu pour Gilles et je refuse de comparer.

Jacques est merveilleux, il me comble de toutes les façons. C'est un compagnon stimulant, avec qui je ne m'ennuie jamais. C'est un ami indéfectible, sur qui je peux compter en tout temps. Il est toujours d'humeur égale, ce qui n'est pas mon cas. Son humour me fait voir la vie en couleurs, et mes colères ne le désarçonnent pas. C'est un amoureux romantique, sentimental; ce que j'aime le plus, c'est quand il m'invite d'une manière très officielle à souper avec lui en haut, comme la première fois où nous nous sommes aimés. Enfin, c'est un amant merveilleux, passionné, attentif, respectueux, patient… Que dire de plus?

Ah oui! Je lui ai enfin trouvé un défaut, et de taille, croyez-moi : il ronfle!

FIN

CHAPITRE 40

L'ENVERS DE LA MÉDAILLE

Un instant, pas si vite! Ce n'est pas encore fini. Dans toute histoire, il y a deux versions.

Je me présente, Gilles Moreau. Eh oui! C'est moi le grand méchant loup. Je sais ce que vous pensez. J'essaie de me justifier, mais je vous assure que ce n'est pas le cas.

Dans tout ce que Laurianne a raconté, rien n'est faux. Et pourtant, il y a des vérités qui n'ont pas été dites. *Le Petit Larousse* dit qu'un mensonge est une «affirmation contraire à la vérité». Une vérité qui n'a pas été dite devient-elle un mensonge? C'est toujours le même questionnement: qu'est-ce que le bien ou le mal? Ce qui est bien pour quelqu'un peut-il être mal pour un autre?

CHAPITRE 41

Quand j'ai connu Laurianne, elle m'a ébloui. Elle était vraiment belle; pourtant, c'est sa personnalité qui m'a attiré. Elle n'avait que dix-huit ans, mais elle dégageait tellement de confiance en elle qu'elle en imposait. On avait l'impression que rien ne lui résisterait. Son regard était direct et franc, et elle n'affichait pas cette timidité un peu gauche des jeunes filles qui ne sont pas encore tout à fait des femmes.

L'éducation qu'elle a reçue y est pour beaucoup. Elle est fille unique, tout comme je suis fils unique d'ailleurs, mais elle n'est pas gâtée. Choyée, aimée, entourée, mais pas gâtée. Ses parents lui ont inculqué un optimisme à toute épreuve, juste parce qu'ils lui ont toujours fait confiance. N'allez pas croire qu'elle est parfaite. Chaque qualité a son pendant, n'oubliez pas.

Pour elle, le bonheur est tellement évident qu'elle n'a aucune tolérance envers le malheur. Ce qui ne veut pas dire qu'elle est impatiente en tout, au contraire. Mais personne n'a le droit, dans son entourage, de s'apitoyer un tant soit peu sur son sort. Pour elle, c'est incompréhensible.

Si elle, elle est capable de faire quelque chose, il n'y a pas de raison pour qu'on déclare forfait. « Quand on veut, on peut. » Il y a quand même certaines limites, non?

Bien entendu, elle est perfectionniste et, donc, il n'est pas question de faire les choses à moitié. Il faut se donner à fond, ou pas du tout. Et gare à vous si vous choisissez le « pas du tout ».

Elle n'est pas intransigeante, loin de là. On n'a jamais l'impression qu'elle nous force à faire quelque chose contre notre gré. Elle a un don pour nous amener à dépasser nos limites sans qu'on s'en aperçoive.

Faut-il le préciser? Je suis exactement le contraire de Laurianne.

J'ai pourtant eu sensiblement la même éducation qu'elle. Mes parents ont toujours été formidables avec moi, à l'instar des siens, mais chez moi, ça n'a pas marché. Je n'accuse rien ni personne. C'est ainsi.

Je doute de tout. Je remets sans cesse en question mes propres choix. J'ai peur des conséquences de mes actes. J'ai besoin d'être rassuré, conseillé. J'ai peur de la maladie, de la mort…

Je me suis toujours efforcé de combattre ces pulsions, ou appelez ça comme vous voudrez, en commençant par les nier, mais je ne peux plus les ignorer, aujourd'hui, parce qu'elles ont gâché ma vie.

Laurianne et moi, nous nous complétions, comme l'ombre et la lumière, la lune et le soleil, mais, autant j'avais l'impression qu'elle repoussait en moi mes côtés sombres, autant j'avais la certitude de l'éteindre, de la ralentir dans sa progression.

Et pourtant, je n'ai jamais douté de son amour pour moi.

CHAPITRE 42

J'ai toujours eu du succès auprès des filles, sans même faire d'efforts particuliers pour leur plaire. En fait, je sais pourquoi. Elles me croyaient « ténébreux », quand je n'étais que « renfermé ».

Mon déguisement, comme l'appelait Laurianne, n'avait pas pour but de laisser planer un mystère, mais de me cacher, de me fondre dans la masse. En fait, la seule que je n'ai pas attirée ainsi, malgré moi, c'est elle. Je ne savais pas comment l'aborder directement. J'étais plutôt habitué au contraire, mais elle, elle ne me voyait pas.

En désespoir de cause, j'ai changé mon habillement. Elle m'a remarqué et ça a été le début de notre histoire. Le plus drôle, c'est que j'ai cessé de plaire aux autres filles! Allez donc comprendre quelque chose…

Laurianne agissait sur moi comme un aimant. Elle était tout ce que j'avais toujours voulu être. Quand j'étais avec elle, mystérieusement, mes angoisses s'estompaient et je n'avais plus à faire semblant. J'étais heureux, comblé, plein d'optimisme pour l'avenir. Avec elle à mes côtés, je me sentais invincible. Quand elle n'était pas là, mes peurs me reprenaient. Ma plus grande crainte, c'était qu'elle rencontre quelqu'un d'autre et qu'elle me laisse tomber.

Je n'avais qu'un désir : vivre avec elle pour le restant de mes jours. Nos deux années de fréquentation, avant que nous emménagions ensemble, ont été les plus longues de ma vie.

Laurianne a toujours été indépendante. Elle donnait l'impression de n'avoir besoin de personne pour vivre, ou du moins pour être heureuse. Et pourtant, elle était très attentive aux autres et elle ne ménageait pas ses démonstrations d'amour. Seulement, son bonheur était en elle et j'étais jaloux de cela. J'aurais voulu être la clé de sa félicité.

Au cours de notre vie commune, elle s'est absentée à quelques reprises et cela m'enrageait qu'elle puisse se consacrer à d'autres et me laisser là, en plan, sans manifester le moindre doute quant à ma présence à son retour.

Non, elle ne me tenait pas pour acquis. Au contraire, elle n'avait de cesse de cultiver notre amour, et sa plus grande préoccupation était l'unité de notre couple, même après la naissance de nos enfants.

C'était seulement une question de confiance, confiance en elle-même avant tout et aux autres, automatiquement.

Vous devez bien vous en douter : ma rage était de courte durée et c'était la peur qui prenait le relais, celle qu'elle ne revienne jamais.

Et pourtant, c'est moi qui l'ai quittée...

CHAPITRE 43

Notre maison… Je la voulais parfaite pour que jamais Laurianne ne veuille s'en départir.

Tout ce trop-plein d'amour que je refoulais, de peur de l'étouffer, je l'ai déversé dans chaque clou enfoncé. Chaque goutte de sueur tombant sur les planches était une offrande à sa beauté. Chaque coup de scie était un hymne que je composais en son honneur.

Elle travaillait à mes côtés et parfois nos sangs emmêlés teignaient le bois et j'y voyais le signe que nous vieillirions ensemble dans ces murs, jusqu'à notre mort.

Les deux années qui ont été nécessaires à la construction ont probablement été les plus belles de ma vie. Nous partagions tout, étions en parfaite communion. Laurianne n'a jamais eu peur de se salir les mains et de vivre à la dure. Je dois admettre qu'elle m'a impressionné. Elle trimait autant qu'un homme et ne se plaignait jamais. C'était souvent moi qui déclarais forfait.

Quand la maison a été terminée, j'ai ressenti un grand vide. Laurianne aimait recevoir et elle s'est empressée de pendre la crémaillère. Tous ces gens dans notre nid, je les voyais comme des intrus. Ils envahissaient notre espace, apportaient des odeurs qui n'étaient pas les nôtres, laissaient des empreintes inconnues.

J'aurais voulu prolonger notre tête-à-tête des deux dernières années. Nous ne nous étions pas coupés du monde, ce n'est pas ce que je veux dire, mais toutes nos pensées, toutes nos énergies avaient été canalisées au même endroit, indépendamment du reste de l'univers, et maintenant, toutes ces personnes que nous avions négligées voulaient reprendre leur place dans nos vies.

Il ne faut pas croire que je n'aime pas la compagnie. C'est vrai que j'ai un petit côté « sauvage », mais j'ai tout de même beaucoup d'entregent et je me présente bien en société. C'est moi qui dirige mon équipe de travail à cause de ma facilité à négocier avec les fournisseurs, et je suis calme, aussi. Ça aide à rester patient quand un client vient nous faire perdre notre temps en essayant de nous montrer à travailler.

Quoi qu'il en soit, la maison était telle que je l'avais voulue, que NOUS l'avions voulue. Au fil des années, quand Laurianne effectuait quelques transformations, même banales, je paniquais. Qu'est-ce qui n'allait pas? Qu'est-ce que j'avais omis de faire? Quelle erreur avais-je faite? N'était-elle plus heureuse dans notre maison? Ces changements étaient-ils un prélude à d'autres bouleversements plus profonds?

Plus le temps passait, plus mes peurs étaient omniprésentes. Pourtant, j'avais toutes les preuves de l'amour sans partage de ma femme. Elle m'avait donné deux merveilleuses filles. Logiquement, j'aurais dû me sentir plus confiant, mais c'était peine perdue.

Je me sentais comme un imposteur près d'elle. Je lui cachais tant de traits de ma personnalité, que j'étais persuadé qu'elle me quitterait sur-le-champ si elle apprenait qui j'étais réellement.

Plus je m'enfonçais dans mes mensonges, plus j'avais peur. Et plus j'avais peur, plus je m'enfonçais dans mes mensonges. Mais une vérité non dite est-elle véritablement un mensonge?

CHAPITRE 44

Il fut un temps où je n'étais pas certain de vouloir des enfants. Laurianne n'en a jamais rien su. Pour elle, il ne faisait aucun doute que nous en aurions. Elle disait qu'étant fille unique, elle n'avait pas côtoyé assez d'enfants de façon permanente. Elle considérait avoir eu une carence de ce côté-là. Voilà pourquoi, selon elle, son besoin d'en avoir plusieurs était si crucial.

Pour moi, c'était tout le contraire. J'estimais que le fait d'avoir été élevé seul n'avait pas développé en moi ce goût, mais, cela dit, l'idée ne me déplaisait pas d'en avoir au moins un.

Je n'avais pas prévu l'effet qu'aurait sur moi ce minuscule bébé, cette petite Léa au visage tout chiffonné qu'on a mis d'office dans mes bras. J'étais pétrifié. J'aurais voulu me lover sur elle, l'envelopper tout entière, autrement dit, reproduire le ventre maternel autour d'elle pour la protéger de cette vie qu'elle revendiquait pourtant à pleins poumons.

J'étais immensément heureux de cette naissance. Je n'aurais pas voulu qu'on me l'enlève, pour rien au monde, maintenant qu'on me l'avait confiée, mais elle me paralysait de peur. Est-ce ainsi pour tous les pères? Je ne sais pas, j'en doute. Je n'ai jamais posé la question.

Vous pensez sans doute que je m'y suis fait, que

j'ai fini par occulter, du moins en partie, les visions d'horreur qui me hantaient en pensant à tout ce qui pourrait lui arriver. Pas vraiment. J'ai toujours vécu avec la peur; alors, j'ai appris à vivre avec celle-là en plus.

À la naissance de Noémie, ça a été pareil, si on fait abstraction du fait que mes peurs s'étaient multipliées par deux. Et encore, je ne savais pas à ce moment-là qu'à elle seule, la cadette en valait, à mon avis, trois. Si Léa, en vieillissant, ne nous causait pas d'inquiétudes insurmontables, Noémie, en revanche, me faisait frôler la crise cardiaque presque à chaque clignement d'yeux.

Je parle pour moi, bien entendu. Laurianne, quant à elle, semblait baigner dans la béatitude totale. Elle était faite pour avoir plusieurs enfants, mais elle ne m'a jamais reproché d'avoir mis un frein à son ambition d'agrandir encore la famille, après Noémie. Je n'en aurais pas supporté davantage.

Comprenez-moi bien : j'étais heureux, comblé, amoureux de ma femme, en adoration devant mes filles, mais…

Il n'y a pas de mais qui tienne. J'avais tout pour être heureux.

CHAPITRE 45

Je me souviens encore, comme si c'était hier, de la seule fois où j'ai essayé de parler à Laurianne de mon mal-être.

Je lui avais demandé si elle se rappelait la dernière folie qu'on avait faite. Je me sentais étouffer de plus en plus et je m'étais alors convaincu que la source du problème émanait de notre couple.

Avez-vous déjà rêvé que vous vous heurtiez à un mur que vous saviez infranchissable, mais qu'il vous fallait traverser coûte que coûte, que votre salut en dépendait? Vous rappelez-vous le sentiment d'urgence qui vous déchire, l'impuissance qui vous broie le cœur, la terreur qui vous liquéfie?

C'est ce que j'ai ressenti quand j'ai compris que j'étais en train de détruire le château de la Belle au bois dormant, au risque de l'ensevelir vivante, au lieu d'y vivre heureux avec elle.

Laurianne n'avait strictement aucune idée de ce que je lui racontais. Notre vie, telle qu'elle était, avec moi à ses côtés, la comblait, sans ajouter de mais... Ma femme était totalement heureuse et elle ne pouvait concevoir qu'on puisse désirer plus, ou autre chose. Pire, non seulement elle ne pouvait le concevoir, mais ça l'inquiétait, la déstabilisait. J'aurais voulu revenir en arrière, ne jamais avoir prononcé ces paroles. J'aurais voulu effacer ce doute que j'avais fait naître dans ses yeux, ses magnifiques yeux qui n'avaient reflété, depuis toujours et jusqu'à ce moment-là, que la confiance, l'amour et la joie de vivre.

Je m'en voulais affreusement d'avoir fissuré sa belle assurance, mais, en même temps, je lui reprochais son incompréhension. Dans le fond, ce que j'aurais voulu, c'est qu'elle partage mon malaise. Ainsi, je ne me serais pas senti coupable. Sur le moment, je me suis efforcé de la rassurer, mais, par la suite, je me surprenais, de plus en plus souvent au fil des années, à ressentir de la colère et de la rancœur.

Pourtant, je n'avais rien à lui reprocher, mais c'est justement ce «rien» qui m'indisposait le plus. Je la sentais sur le qui-vive. Je la surprenais parfois à me scruter anxieusement et alors je me maudissais intérieurement.

Je l'aimais! Comme je l'aimais! Et comme c'était dur de l'aimer…

CHAPITRE 46

En général, Laurianne et moi nous entendions bien. Sauf en ce qui concernait l'argent.

Au début de notre union, elle me laissait gérer ma part, mais j'admets que j'étais incapable de respecter un budget. En désespoir de cause, après que la banque l'eut avisée d'un retard sur le remboursement de notre hypothèque, elle a exigé que je lui confie l'administration de tous nos biens. Je ne l'avais jamais vue dans une telle colère. Évidemment, je ne peux pas nier qu'elle avait eu raison, mais mon orgueil en a pris un coup. Toutes les semaines, elle me remettait un montant d'argent pour mes dépenses personnelles courantes, mais, si j'avais un imprévu, du genre aller prendre une bière avec les copains après le travail, ça n'allait plus. Elle n'a jamais rechigné à m'en donner davantage, mais j'enrageais d'être dépendant à ce point-là. Pour faire contrepoids, je me suis mis à lui demander des comptes, juste pour lui montrer comment ça pouvait être humiliant.

Alors, elle a trouvé un autre arrangement, plus satisfaisant. Au lieu de me remettre mon argent de poche, elle me laissait l'usufruit de mes contrats supplémentaires, ce qui me donnait une marge de manœuvre plus acceptable.

Néanmoins, cela n'a pas suffi à me contenter. En effet, je me voyais obligé de travailler de plus en plus, en dehors de mes heures de travail normales, et j'en imputais la faute à Laurianne. Je lui ai même reproché nos voyages, qu'elle planifiait, je le savais, dans le seul but de me ramener dans de meilleures dispositions, alors que le seul coupable était mon besoin insatiable de dépenser sans compter.

Que de folies ai-je faites! La plus mémorable est la moto que, ébloui en songeant à l'indépendance qu'elle me procurerait, j'avais achetée sur un coup de tête. D'emblée, Laurianne avait refusé d'y monter, et je suis allé jusqu'à jouer avec son cœur de mère en faisant monter les filles dessus, moi qui avais peur de mon ombre. Rétrospectivement, je réalise que je cherchais à la provoquer, à la faire sortir de ses gonds, à lui faire hurler sa rage, pour que j'aie une raison de laisser éclater la mienne.

Mais Laurianne n'avait pas de rage ni de colère refoulée. Elle avait du caractère, certes, mais il n'était pas mauvais, contrairement à ce qu'elle prétendait. Elle avait tendance à se juger sévèrement, mais, moi qui vivais avec elle, je peux vous assurer qu'elle était la meilleure des femmes.

La pire de mes folies, celle dont j'ai le plus honte, c'est la bague que je lui avais offerte à l'occasion de nos vingt-cinq ans de vie commune. Elle l'a portée pendant nos cinq dernières années, fièrement, sans jamais laisser voir à quiconque, surtout pas à moi, que c'est elle qui l'avait finalement payée, du moins en partie.

Après cela, je n'ai plus jamais été capable de la regarder dans les yeux.

CHAPITRE 47

Vivre avec Laurianne m'étouffait, parce qu'elle m'aimait et que je ne me sentais pas à la hauteur de cet amour, avec tous mes mensonges et mes non-dits. Mais vivre sans elle me tuait. J'étais alors à la merci de tous mes démons.

À la mort de son père, elle est restée avec sa mère pendant toute une semaine. Je n'étais pas seul. Il y avait Léa et Noémie, mais c'était Laurianne qui avait le pouvoir d'éloigner ma peur. Tant qu'elle était là, elle veillait à tout, elle organisait les choses pour que tout aille bien, et mes angoisses refluaient.

Les responsabilités ne m'effraient pas; je suis capable de faire face à toutes sortes de situations dans mon travail, et veiller au bien-être de mes filles n'était pas, en soi, un problème. Mais je ne dormais plus. Seraient-elles encore là, à mon réveil, si je relâchais mon attention? Et si elles tombaient malades? Laurianne reviendrait-elle si je cessais de l'attendre en me coupant du monde pendant quelques heures de sommeil?

Et pourtant, c'est moi qui l'ai quittée.

Au fond de moi, je savais qu'il en serait ainsi, que je ne supporterais pas le contraire. Elle l'a fait une fois. Elle a emmené Léa et Noémie et m'a abandonné, seul, alors que je venais de subir une intervention au pied. Je savais que je l'avais mérité, avec mon caractère infernal, mais je ne pouvais pas croire qu'elle puisse faire une chose pareille. Je la trouvais cruelle et sans cœur. Je ne reconnaissais plus en elle la femme tendre et compatissante que je croyais qu'elle était. Je l'ai détestée, vraiment détestée, de m'avoir trompé. Moi qui me sentais fourbe de lui cacher ma vraie personnalité, elle n'était pas mieux que moi, tout compte fait. Et elle avait entraîné nos filles dans sa perfidie!

Durant la première semaine, j'étais tellement obnubilé par la colère et la rage, que je ne sentais pas ma peur familière, ce qui m'encourageait encore plus dans ma fureur. Toutefois, mes angoisses ont refait surface au début de la deuxième semaine et alors j'ai compris. Je n'étais pas en train de perdre Laurianne, j'étais en train de me perdre, moi. Parce qu'elle était ma vie.

CHAPITRE 48

Le cancer de Laurianne, l'accident de Noémie, la méningite de Léa... La mort rôdait, elle me narguait.

Je vivais déjà d'insécurité. Comment pouvais-je affronter la mort? Si cette entité n'a pas triomphé, c'est grâce à Laurianne, à son optimisme à toute épreuve; moi, j'étais vaincu d'avance. C'est elle qui a aidé Léa à s'accrocher à la vie, qui la maintenait de force dans le courant, quand la méningite a voulu l'emporter.

C'est encore elle qui nous a tous tenus à bout de bras après l'accident de Noémie, quand nous nous sentions coupables de négligence à divers degrés. Moi, de n'avoir pas couru assez vite pour rattraper ce damné chien, elle, Laurianne, de n'avoir pas anticipé le réflexe de Noémie et même la petite Léa de sept ans qui se sentait responsable de la fuite de Jasper.

J'en ai voulu à Laurianne. J'aurais voulu me battre à ses côtés pour nos filles, mais elle n'avait pas besoin de moi dans ces batailles et je n'avais pas le courage de m'imposer. Sa force était tellement supérieure à la mienne que je me sentais écrasé par elle.

Même terrassée par la maladie, atteinte du pire mal qui soit, le cancer, cette femme était plus tenace que moi. Je me suis mis à en avoir peur. Pourquoi, me direz-vous? Pourquoi pas? vous répondrais-je. J'étais terrorisé par la mort, et elle, elle la dominait, l'affrontait la tête haute. Je devais donc la craindre encore plus, n'était-ce pas logique?

Bien sûr que non, mais pour moi, dans l'état de panique où je vivais, ça l'était. Et Laurianne, ma merveilleuse femme au cœur le plus généreux de la terre, n'a pas compris mes reculs, quand elle aurait eu besoin de moi comme jamais. J'étais incapable de lui apporter le soutien qu'elle méritait. J'avais l'impression que, si je la touchais, je sentirais le cancer grouiller sous sa peau, comme des milliers d'asticots ivres de son sang souillé.

Comment aurais-je pu lui expliquer cela? Comment dire à la femme qu'on aime qu'on ne supporte plus sa présence corporelle, mais qu'on ne pourrait vivre sans elle?

C'est quand elle m'a offert de partir que ma bulle a éclaté. J'ai alors pleinement réalisé ma folie. Oui, ma folie. C'est à compter de ce moment-là que j'ai été persuadé de mon aliénation mentale.

CHAPITRE 49

Lorsque les filles sont nées, j'ai serré les dents, littéralement, en attendant qu'elles sortent de l'enfance. Je croyais alors, bien naïvement, que dès qu'elles seraient en mesure de faire leurs propres choix, ce serait plus simple, pourvu que nous leur inculquions des valeurs saines, bien entendu. Là-dessus, pas de problème : Laurianne et moi étions sur la même longueur d'onde.

Leur adolescence, contrairement à mes espoirs, m'apporta un surplus de stress. En effet, à cet âge-là, les jeunes tendent à s'émanciper de la présence constante des parents et je n'avais pas prévu ça. À croire que je n'étais jamais passé par là...

En conséquence, au lieu de les laisser faire leurs propres expériences, je les étouffais sous les recommandations et je renforçais mon autorité.

Et plus Laurianne essayait de me faire réaliser mon erreur, plus je m'entêtais. Et quand je lisais de l'incompréhension dans les yeux de mes filles, voire de la rancune, je me disais que c'était normal qu'elles réagissent ainsi, parce que les parents qui font preuve de laxisme sont toujours bien considérés par leurs enfants.

Depuis, je me suis penché sur mon adolescence et j'ai compris beaucoup de choses. J'ai dit et je redis encore que je n'ai rien à reprocher à mes parents, mais ils ne sont pas parfaits pour autant, pas plus que personne d'autre, d'ailleurs.

Mon père était ébéniste et ma mère n'a jamais occupé d'emploi à l'extérieur de la maison. Son plus grand chagrin, c'est de n'avoir pas eu d'autre enfant. Je n'ai jamais vu de femme aussi maternelle qu'elle. Elle n'était pas envahissante, mais elle était enveloppante, voilà, c'est le mot. Vous rendez-vous compte que j'ai dû moi-même, à quatorze ans, lui demander de cesser de couper ma viande en petits morceaux et de beurrer mes toasts? À l'école, je n'osais plus ouvrir ma boîte à lunch devant mes amis, qui se moquaient du petit cœur rouge en chocolat qu'elle y mettait, ou encore qui m'arrachaient le papier sur lequel elle m'écrivait des mots doux et qu'elle collait à l'intérieur du couvercle.

Tous les matins, elle restait à la fenêtre pour me voir partir et me faisait des signes de la main, que j'ignorais superbement. Le soir, elle venait me border et je feignais de dormir pour éviter ses débordements d'amour maternel. Elle était adorable, mais j'étais gêné de l'avoir pour mère.

Mon père, lui, s'entêtait à mettre une main sur mon épaule, dès que je me tenais assez près, pour bien montrer sa fierté à tout le monde. J'ai commencé très jeune à jouer de la balle lente et je rougissais de honte en l'entendant crier : « Vas-y, mon fils, tu es le meilleur! », « Vous avez vu? C'est mon fils! », « Regardez-le aller, il ira loin, vous verrez. » J'en payais les frais dans les vestiaires, surtout que j'étais tout juste bon.

J'aurais dû me réjouir de toutes ces attentions, mais elles m'embarrassaient parce qu'elles attiraient les regards sur moi et qu'elles suscitaient les moqueries.

En conséquence, j'ai voulu prendre trop jeune mes distances, et le résultat est que j'ai développé une peur constante, paralysante, face à la vie en général.

Du moins est-ce de cette façon que je tente de m'expliquer ma faiblesse de caractère. La vérité est parfois trop dure à affronter.

CHAPITRE 50

Paranoïa? Schizophrénie? Hystérie? Obsession? On dit que les fous ne savent pas qu'ils le sont, que les alcooliques nient avoir un problème de boisson. Le fait que je sache qu'il y a quelque chose qui ne tourne pas rond chez moi fait-il de moi un être normal?

Où se situe la normalité chez un être humain? Mon voisin lave son auto tous les jours, autant à l'extérieur qu'à l'intérieur, même s'il ne l'a pas utilisée; moi, je trouve ça complètement fou, et inutile de surcroît. J'ai un compagnon de travail qui visite tous les commerces de la ville la même semaine pour acheter des billets de loterie; il ne me viendrait jamais à l'idée de faire une chose pareille.

Normal: qui n'a rien d'exceptionnel; ordinaire, habituel.

Pour eux, c'est une habitude, donc, c'est conforme à la norme. Quelle norme? La leur ou celle des autres?

Comme cette manie que j'ai de toujours chercher une définition dans le dictionnaire et de la décortiquer. Est-ce que beaucoup de gens font la même chose?

Christine le fait, bien que ce ne soit pas pour les mêmes raisons que moi. Elle, c'est pour être certaine que les choses sont ce qu'elles sont et qu'elles sont bien faites. Moi, c'est pour comprendre comment les faire. La différence est subtile, mais elle est là. Pour elle, c'est pareil, mais je ne la contredis pas. Elle aime penser qu'on est en tous points semblables et, comme elle n'a pas tout à fait tort, je lui donne raison.

Christine… Je l'ai détestée d'emblée. Je la trouvais tellement sûre d'elle, qu'elle en était arrogante. Elle était très autoritaire. Ça n'a rien à voir avec la confiance que Laurianne affiche, tout simplement parce que chez elle c'est naturel, tandis que chez Christine, c'est fabriqué de toutes pièces.

Elle surveillait tous les travaux qu'on effectuait dans ses bureaux, posait mille questions, donnait des directives inutiles. J'essayais tant bien que mal d'être patient, mais elle m'exaspérait. Un jour, je l'ai remise un peu sèchement à sa place et, à ma grande surprise, je l'ai vue se décomposer sous mes yeux. Et j'ai alors pu contempler la vraie Christine.

En réalité, c'est une femme très vulnérable, bardée de peurs, qu'elle dissimule derrière une façade faite de froideur, d'indifférence et de fierté. Ça ne vous rappelle pas quelqu'un?

Moi, bien sûr. Sauf que moi, je cache mes peurs sous un calme apparent. Je n'ai pas besoin d'afficher un air hautain pour m'imposer. Quand on est une femme, c'est différent; elles ne peuvent pas montrer leurs faiblesses, surtout quand elles ont, comme Christine, un poste d'autorité.

Je ne suis pas heureux sans Laurianne, mais je suis heureux avec Christine. Je sais que c'est contradictoire. Tout est contradictoire dans ma vie.

Malgré sa transparence, je n'arrivais pas à comprendre Laurianne. Elle était une énigme pour moi. Je l'enviais. Je voulais m'approprier son essence. J'essayais de me retrouver à travers elle, mais c'était, bien sûr, impossible.

Christine est compliquée, mais je la devine, je n'ai rien à espérer d'elle, rien à lui offrir. Je n'ai pas à faire semblant avec elle, parce que je n'ai pas peur de son jugement. Avant moi, elle n'avait jamais eu de relation à long terme, parce qu'elle avait peur de tout ce que ça impliquait. Avec moi, elle peut être tranquille : je ne lui demanderai rien qu'elle ne peut donner, parce que je connais ses limites. Ce sont les mêmes que les miennes. Les enfants la terrorisent, mais les miens étant déjà autonomes, elle ne se sent pas impliquée.

Laurianne n'a jamais compris ma trahison. Elle avait foi en notre amour. Elle me faisait une confiance absolue, que j'ai trahie, à deux reprises. Lily n'avait été qu'une parenthèse, mais j'avais tout de même trompé ma femme avec elle, juste pour me prouver que je n'existais pas qu'à travers elle. Ça avait été pathétique, et les remords me rongent encore, quand je pense à ce que Laurianne s'était sentie obligée de faire pour me démontrer sa valeur, comparée à celle de sa rivale. Elle s'était humiliée par amour pour moi.

Pourtant, l'amour n'a jamais été en cause. J'aime Laurianne, je l'aimerai toujours, mais Christine est comme une âme sœur. Mes peurs sont toujours là, mais j'ai cessé de les combattre et elles sont devenues plus supportables. Je ne suis pas heureux, je suis trop conscient du mal que j'ai fait autour de moi, même à mes filles, que j'adore, mais que j'ai laissées s'éloigner, à cause de la maladresse de Christine. C'est comme pour la maison. Je ne peux pas, du moment où j'ai refusé de la vendre, lui interdire de faire disparaître les vestiges de mon ancienne vie. Je n'aurais pas supporté de vivre ailleurs. Nous nous sommes donc entendus : nous y habiterions ensemble, mais elle pouvait faire tous les changements qu'elle désirait. De toute façon, elle aura beau tout modifier, tout désinfecter ou tout reconstruire, elle ne pourra jamais effacer mes souvenirs.

L'Everest est inaccessible pour la plupart d'entre nous, mais, pour certains, ce n'est pas un défi impossible. Aller sur la Lune, pour la majorité des gens, c'est un concept abstrait, mais, pour quelques-uns, c'est la réalité.

Laurianne était mon oasis, mon mirage, ma démesure.

FIN

Quand le bonheur s'en mêle

ROMAN

Chantale Côté

LES ÉDITIONS JCL

202 pages; 17,95 $

Chantale Côté

DOUBLEMENT

ROMAN

INFIDÈLE

LES ÉDITIONS JCL

252 pages; 17,95 $